ちくま新書

カラー新書

# 花の歳時記

952

長谷川 櫂
Hasegawa Kai

# 花の歳時記【目次】

## 冬の花



## 春の花

## 夏の花

## 秋の花

# 松

**金《きん》屏《びよう》の松の古さよ冬《ふゆ》籠《ごもり》　芭蕉**

芭蕉は桐の火桶に火を熾《お》こそうとしていた。篠竹《しのたけ》を折り曲げた箸《はし》で消炭《けしずみ》を挟み、行灯《あんどん》の火にかざしては火桶の灰のなかほどのくぼみに立てたり寝せたりして重ねてゆくうちに、火はあかあかと燃えてくる。その静かな炎を見ているうちに浮かんだのがこの句だった。

元禄六年（一六九三）初冬のある夜、江戸深川の芭蕉庵でのことである。集っていたのは孤屋《こおく》、野坡《やば》、利牛《りぎゆう》の面々。いずれも駿河町にある両替商越後屋の若い手代である。

枝ぶりもみごとな老松を描いた金屏風が古色を帯びている。堂々たる松の緑と豪華だが落ち着きのある黄金。芭蕉の口からこぼれ出たのは長者の屋敷の冬籠りの句だった。越後

松

竹（京都・詩仙堂）

屋の三人の手代たちはすっかり感じ入った。商売の種の金銀でさえ立派な句になる。三人は俳諧撰集《はいかいせんしゅう》の編纂《へんさん》を思い立つ。やがて成ったのが町人気風あふれる『炭俵《すみだわら》』である。

　四年ほど前、芭蕉は郷里伊賀上野の門弟の家で「屏風には山を画《えがき》て冬籠」と詠《よ》んだことがあった。忘れかけていた句がその夜、生彩ある句に生まれ変わった。火桶に熾りはじめた消炭の炎が緑の松とまばゆい黄金の幻を呼び起こしたのにちがいない。

（『炭俵』所収）

**松の花日は高々と赤坂へ**　**山上由利香**《やまがみゆりか》
（「古志」掲載）

東海道御油《ごゆ》と赤坂の間は今も昔のままの松並木が続いている。晩春、松は天へ向かって真直ぐに立てた新芽に花をつける。その松の花の上を御油から赤坂のほうへ太陽が渡ってゆく。御油赤坂間は一・七キロ、東海道の宿場間では最短。芭蕉はその短さを「夏の月ごゆより出て赤坂や」と詠んで夏の短夜《みじかよ》のあっけなさにたとえた。

**琅玕《ろうかん》や一月《いちがつ》沼《ぬま》のよこたはり**　**石田波郷**《はきょう》
（『風切』所収）

琅玕は緑の石のことである。次いで緑の竹を表わす言葉になった。波郷の句、この琅玕という言葉を一句の眼目として取り出してみせる。石でも竹でもいい、深々と沈む緑を思い起こしてくれというのである。そのとき、見知らぬ沼があの深緑をたたえて目の前に横たわっていた。千葉県の手賀沼《てがぬま》での作。

**初冬の竹緑なり詩仙堂**《しせんどう》　**内藤鳴雪**《ないとうめいせつ》
（『鳴雪俳句集』所収）

宮本武蔵《みやもとむさし》が吉岡道場の一門と決闘をした洛北一乗寺下り松《いちじょうじさがりまつ》からやや東山の懐に入ったところに、武蔵と同時代の文人石川丈山《じょうざん》の草庵詩仙堂がある。白山茶花《しろさざんか》のかぶさる小さな門をくぐると竹林の間をゆるやかな上りの石段が続いている。鳴雪は子規《しき》門の長老。句の簡潔な響きが初冬の竹林の引き締まった空気そのまま。

**住吉の松のもとこそ涼しけれ**　　**武藤紀子《のりこ》**

（『朱夏』所収）

夏の暑い日盛りに住吉神社の老松の下にたたずみながら、作者はこの世に生まれ、今、住吉の松の蔭に立って涼しい風に吹かれている、その不可思議さに心打たれたのだろう。住吉の神は船の守護神であり和歌の神でもある。神の化身である松を「涼し」とたたえる。

**松の風また竹の風みな涼し**　　**佐藤春夫**

（『佐藤春夫全集』所収）

詩人、小説家として知られる佐藤春夫は七歳のときから生涯、俳句を詠み続けた。この句は松の押し出し、竹のしなやかさをよく心得た句である。「竹の風また松の風みな涼し」としても句にはならない。「松の事は松に習へ、竹の事は竹に習へ」という芭蕉の教えどおり。

# 寒牡丹

**ひうひうと風は空行く冬牡丹　鬼貫《おにつら》**

凩《こがらし》が口笛を吹きながら大空を飛んでゆく。藁《わら》で編んだ薦《こも》の陰では、季《とき》ならぬ牡丹《ぼたん》の花があえかな花びらを風に震わせている。

「風は空行く」がいいなあ。ここ「風は吹行く」とすることもできたわけだが、それでは、地上のことなど気にもとめず、はるか上空を吹き抜けてゆく凩のこの颯爽《さっそう》たる風姿《ふうし》は描けなかっただろう。

　鬼貫は芭蕉とほぼ同じ時代の人。伊丹《いたみ》の造酒屋上島家の三男坊に生まれ、学問に励み、後に西国諸藩の藩政改革に腕をふるった。俳諧《はいかい》一筋に進んだ芭蕉とは異なり、実業にも秀

椿とヒヨドリ

寒牡丹

でていた。そうした経歴からも、またその俳句からも落ち着いた印象を与える人である。友とすれば心強く、敵とすればまた敵として付き合っていける人ではなかったか。

その鬼貫、一世一代の名せりふを残している。「誠のほかに俳諧なし」。真心のこもる句に勝る句はない。空虚に言葉を飾るなかれ。俳句への時代を超える戒《いまし》めである。

この句にしても、互いに何の飾るところもない凩と冬牡丹があるばかり。それなのに凩はいかにも凩らしく冬牡丹は冬牡丹らしい。鬼貫の人柄のしのばれる句である。

（『荒小田』所収）

**開《ひらか》んとしてけふもあり冬牡丹**　千渓《せんけい》

（『松のそなた』所収）

冬牡丹が開こうとして少し花びらをゆるめている。昨日もこうだった。四、五日前もそうだったようだ。何しろ寒いので一気に咲いて一気に散るというふうにはならない。寒い日に時折まじる日和《ひより》の日をみつけては少しずつ花びらを解いてゆくのだ。初夏の牡丹には見られぬ冬牡丹ならではの風情である。

**うつくしく交《まじわ》る中や冬椿**　鬼貫

（『七車』所収）

美しいといえる交わりにはいくつか条件がある。まず相手を敬うこと。つぎに金銭がからまぬこと。酒は度を過ごさぬならあってもよし。男女の間ではなかなか難しい。こうした付き合いのよさがわかり、自分でもできるようになるには歳月がかかる。そこに咲いている冬椿。冬の一字、潔し。

**寒椿真紅に咲いて一つかな**　江口帆影郎《はんえいろう》

（「懸葵」掲載）

椿の木が寒中まず一つ真紅の花をつけた。初花である。「真紅に咲いて一つ」という畳みかける口調に、その一つの初花をいとしむ思いがにじんでいる。椿は春たけなわともなると、たくさんの花をつける。しかし、そうなると一つの花のみをいとしむというわけにはいかない。寒椿だからこそ許される心の贅沢《ぜいたく》。

**山茶花にしばらく朝日あたりけり**　**直野《なおの》碧玲瓏《へきれいろう》**（『碧玲瓏句集』所収）

朝のうちだけ、束《つか》の間《ま》、日が差すところに山茶花《さざんか》の木がある。庭の木立の陰となるような場所を想像して欲しい。冬の朝の太陽のみずみずしい光が葉の透き間をもれて山茶花の花にまばらに差しかかる。一日中、日に照らされるような場所では興が冷めてしまう。

**山茶花やいくさに敗れたる国の**　**日野草城《そうじよう》**（『旦暮』所収）

昭和二十年初冬、敗戦の阻喪《そそう》と混乱のただなかでの作。このとき、草城は家財一切を空襲で焼かれて、大阪と奈良の境にある二上山《ふたかみやま》の麓《ふもと》の村に病の身を寄せていた。その昔、杜《と》甫《ほ》が嘆いたように国は戦争に敗れても山河は不変。しかし、日本の俳人の目に映った山茶花はかくもはかなく哀切《あいせつ》。

# 水仙

**水仙へ目を開けてゐる赤子かな**　**中田《なかた》剛《ごう》**

すっきりとしているのだ。一輪の水仙の花と一人の赤ん坊。この二つ以外に尊ぶべきものは世界に何も存在しないかのように、若い父親はほかのすべてを消し去ってしまった。

小さな蒲団《ふとん》の上でさっきまで眠っていた赤ん坊が、いつの間にか目を覚ましている。ぐっすりと眠ったらしく目をぱちっと開き、きっと大人にはみえない精霊たちがあやしてくれているのだろう、その影を追いながら宙を見上げて、ときどきひとりで微笑《ほほえ》みを浮かべては手足を動かしてはしゃいでいる。

赤ん坊が顔を横に向けると、障子《しょうじ》の裾《すそ》に文机《ふづくえ》があって、上に置かれた一輪挿しに一本の

水仙

水仙

水仙。その頂の蕾《つぼみ》の一つは今、花びらを開いたばかりだ。面をややうつむけて赤ん坊の方へまなざしを投げかけている。先のとがった六枚の花びらが形作る水仙の白い花と、それに囲まれる太陽の黄金の花冠《かかん》。

聖母の胸に抱かれながら天上から差し込む輝かしい光を驚いて見上げる幼子イエスのように、赤ん坊は明るく澄み切った空気のなかで水仙の花を見ている。

どちらもこの世に生まれて間もない一つの命と一つの花。

（『珠樹』所収）

**水仙の花の高さの日かげ哉**　智月尼《ちげつに》
（『芭蕉庵小文庫』所収）

水仙がいくら丈が高いといっても、せいぜい五、六十センチ。それなのに丈高い印象があるのは、すうっとまっすぐに立てた滑らかな茎と凜《りん》とした花の気品による。その高々と掲げた花に日が差している。古典文学で「ひかげ」とあれば、まずは太陽の光のこと。智月は近江蕉門《おうみしょうもん》の中心だった女性。

**水仙や古鏡《こきょう》の如く花をかかぐ**　松本たかし
（『続ホトトギス雑詠全集』所収）

古鏡とは古い金属の鏡。青銅などを鋳《い》て、表には水銀と錫《すず》の合金を引いて磨き、裏にはしばしば花の文様を刻んだ。鏡の輪郭が花をかたどった八稜《りょう》のものもある。「古鏡のごとく」とは、一つは水仙の花の姿が花形の鏡に似ているということ。もう一つは霞《かす》みつつ照る鏡の面が水仙の花を思わせるのである。

**水仙が水仙をうつあらしかな**　矢島渚男《なぎさお》
（『船のやうに』所収）

春近い雨風に庭の水仙がもまれている。水仙の葉が花を打ち、花が葉を打っている。葉も花の茎も長くて弾力のある水仙だからこそ、「うつ」といえる。すなわち「うつ」という一語を探り当てたおかげで、水仙を水仙らしく描けた。庭へ張り出した書斎のガラス戸の内にいて春の嵐の庭を眺めているおもむき。

**水仙の束とくや花ふるへつゝ　渡辺水巴《すいは》**

（『白日』所収）

一握りの水仙の根本を濡《ぬ》れた藁《わら》でくるりと括《くく》って束にする。朝市に行くとそんな水仙の束が桶に入れて売られている。買って帰って束を解くとき、花がりんりんと震える。その弾むような震え方が水仙らしい。花はおおかた莟だが、ちらほら開きかけた莟もある。

**水仙の香やこぼれても雪の上　千代女**

（『千代尼発句集』所収）

水仙が雪の上で香りを放っている。この句の素材はただそれだけのことだろう。それをまず「こぼれても」といって落とし、「雪の上」で掬いあげる。この言葉によって作りだされた動きによって水仙の香りが水か氷のように清らかなものに変わった。

# 梅 I

## 紅梅を近江に見たり義《よし》仲《なか》忌《き》　森澄雄《もりすみお》

寿永《じゅえい》三年（一一八四）一月二十日、木曾《きそ》義仲は従弟の源義経《よしつね》の軍勢に都を追われ、琵琶湖のほとりの粟津《あわづ》で討ち死にした。最後まで従ってきた乳兄弟の今井《いまい》兼平《かねひら》とも別れ、ただ一騎、粟津の松原へ向かう途中、薄氷の張った深田に馬を乗り入れ、身動きがとれず往生しているところを敵兵に見つかり、討ち取られた。三十歳だった。

その五百年後、大坂で急死した松尾芭蕉の亡骸《なきがら》は舟に乗せられて淀川《よどがわ》をさかのぼり粟津の義仲寺《ぎちゅうじ》に葬られる。義仲寺は義仲を弔《とむら》うために建てられた寺である。芭蕉は遺言で自分の墓所を義仲寺と定めていた。

白梅

紅梅

同じ所に葬られたいと願うほど、芭蕉は義仲のどこに惚《ほ》れ込んでいたのだろうか。根っからの木曾の山出しのまま魑魅魍魎《ちみもうりょう》の巣食う京の都を無邪気に闊歩《かっぽ》した若者。兵法には優れるものの、後白河法皇《ごしらかわほうおう》のしたたかな権謀術数《けんぼうじゅつすう》に翻《ほん》弄《ろう》され続けた男。芭蕉はその若竹のように健《すこ》やかな魂を惜しんだのかもしれない。

その三百年後、森澄雄はいくたびも近江を旅して数々の秀吟を残した。この句は、義仲忌に咲き合わせた一本の紅梅。寿永三年一月二十日は太陽暦では春三月十一日だった。

（『浮鷗』所収）

**ゆったりと寝たる在所や冬の梅**　**惟然《いぜん》**（『梅桜』所収）

芭蕉の死後、門弟たちはそれぞれ師の片鱗《へんりん》を受け継いで、各自の道を歩みはじめる。旅人としての芭蕉の道を歩み続けたのは惟然坊である。諸国を行脚し、『おくのほそ道』ゆかりの東北から芭蕉がついに踏むことのなかった九州に及んだ。句は豊後日田《ぶんごひた》での吟《ぎん》。朝《あさ》靄《もや》のなかの家々と早やほころびはじめた枝々の梅の花。

**やまざとはまんざい遅し梅花《うめのはな》**　**芭蕉**（『瓜畠集』所収）

芭蕉の郷里伊賀上野《いがうえの》の春の景色。「まんざい」は万歳、年頭、家々の門口に現われては、腰の鼓を打ち鳴らし舞を舞って新しい年の到来を寿《ことほ》いだ芸人たちである。句は、こんな山国に万歳が訪れるのは正月も遅くなってからというのだ。咲き初《そ》めた梅の花越しに門付《かどづ》けしている姿が見える。さすが悠揚《ゆうよう》として迫《せま》らぬ詠みぶり。

**灰捨てて白梅うるむ垣ねかな**　**凡兆《ぼんちょう》**（『猿蓑』所収）

垣根に灰を捨てると、灰が舞い上がって白梅が潤《うる》んだ。灰を捨てる前の白梅の澄み切った白さと灰を浴びて潤《うるお》いを帯びた白さ。その色のかすかな変化をとらえた。「灰捨てて」

とは冬の間に使った炉や火鉢の灰を捨てるのだろう。この「灰捨てて」にも、また「うるむ」にも春の到来を喜ぶ気持ちがこもっている。

**しら梅のかれ木に戻る月夜哉《かな》　蕪村《ぶそん》**
（『蕪村句集』所収）

花盛りの白梅が月の光を浴びている。その白い花がことごとく月光に消え失《う》せ、花が咲く前の枯木に戻ってしまったかのように見えるというのだ。目の前にあるのは満開の白梅であるのに、月光の作用によって枯木に見える、その妖《あや》しさ。鋭利にして濃厚な凄《すご》みがある。

**水鳥のはしに付きたる梅白し　野水《やすい》**
（『阿羅野』所収）

「はし」とは嘴《くちばし》のこと。餌《えさ》をさらう水鳥の濡《ぬ》れた嘴に白梅の花びらが張りついている。岸辺に梅の木があって、その散りはじめた花びらが水に浮かんでいる。春が進むにつれて池の氷も解け、水も温《ぬる》んで、水鳥たちもうれしそうだ。野水は一時、芭蕉に師事した名古屋の人。

# 梅 Ⅱ

**梅咲いて庭中に青鮫《あおざめ》が来ている**

**金子《かねこ》兜太《とうた》**

あいつが近づいてくるとき、海は静まり返る。青い潮はいっそう青ざめ、さざ波はおののき震える。水の精たちは声も立てず、さっと道を開き、あいつはその間をすり抜けて青い影のように音もなく進む。

インド洋にいてもアラフラ海の流血を嗅《か》ぎつける嗅覚《きゅうかく》。先の反り返ったアーミーナイフのような歯。あるときは悠然と、あるときは水を打って突進する五メートルもある巨体。

やりきれないのはあいつの目だ。人が目の前で殺されようと平気で眺めていそうな無表情な目をしている。どんなに勇敢な兵士でも間近に迫るあの目を見たら、少女のように体

白梅

梅林

中を冷たい汗が流れるだろう。そして、年老いて死ぬ間際にそのいやな目を思い出す。

金子兜太は早春のある朝、目覚めて縁側に立つと、いくつかの獰猛《どうもう》な青黒い影が庭中を泳ぎ回っているのを見た。この時期、春とはいっても武蔵野の北のはずれのこのあたりは朝夕は冷える。二本の白梅はまだ七分咲きだ。梅の花の青く冷ややかな影があいつを呼び寄せたようでもある。

それから、何も見なかったかのようにゆっくりと朝飯を食べ終えると、いつものように家を出て東京の職場へ向かった。

（『遊牧集』所収）

**紅梅や謡《うたい》の中の死者のこゑ**　**宇佐美魚目《うさみぎょもく》**

（『草心』所収）

能では諸国一見《いっけん》の僧の前に死者の亡霊が姿を現わして生前の恨みを綿々《めんめん》と語る。謡に耳を傾けていると、その彼方からある死者の声が響いてきたのだ。初めはかすかに、次第に朗々と。「筒井筒《つついづつ》井筒《ゐづつ》にかけしまろが丈生《たけお》ひにけらしな妹《いも》見ざる間《ま》に」（「井筒」）。死者の声の響く空間に一本の紅梅が静かに立っている。

**まだ咲かぬ梅をながめて一人かな**　**永井荷風《かふう》**

（『荷風句集』所収）

紅葉《こうよう》、露伴《ろはん》、漱石《そうせき》、吉右衛門《きちえもん》……。昔の文士や役者はいい句を残した。いい句を詠もうと熱心に修業した。荷風もその一人。この句、荷風その人らしき男が、まだ固い莟《つぼみ》の梅を眺めながら春の到来を待ちわびている。枯木同然の梅を愛《め》でるなんぞ、おれぐらいか。すでに咲いている梅だったら面白くもない。

**火ともせばうら梅がちに見ゆるなり**　**暁台《きょうたい》**

（『暁台句集』所収）

梅の花の後姿が裏梅《うらうめ》。闇に沈む白梅に灯が当たると、花びらの影が飛んで花の白い形だけが浮かび上がる。どの花も向こうを向いているかのようだ。梅の後ろ姿などに関心をもつところには、陰翳《いんえい》豊かなものよりさらりとした平面を好む日本人の美意識が働いている。暁台は蕪村《ぶそん》とも親しかった名古屋の人。

**梅若菜まりこの宿《しゆく》のとろろ汁　芭蕉**
（『猿蓑』所収）

元禄四年（一六九一）、大津で年を越した芭蕉は正月早々、江戸へ下る門弟乙州《おとくに》のために餞《はなむけ》の連句を巻いた。その発句。これから君が向かう東海道は梅が咲き、若菜の緑が目を慰めてくれるだろう。あ、そうそう鞠子《まりこ》の宿（静岡市丸子《まりこ》）のとろろ汁は美味。忘れず食されよ。

**東海道のこらず梅になりにけり　成美《せいび》**
（『成美家集』所収）

芭蕉が「梅若菜」の句を詠んでからざっと百二十年後、江戸浅草蔵前の札差《ふださし》成美が詠んだ句。京から江戸まで東海道は梅の花盛り。街道の梅をつぶさに眺めてきたかの詠みぶりだが、成美は足が不自由で一歩も江戸を出たことはなかった。一茶《いっさ》のよき庇護者《ひごしゃ》でもあった。

# 椿

**花《はな》瓣《びら》の肉やはらかに落《おち》椿《つばき》　飯田蛇《だ》笏《こつ》**

椿に雪

「肉やはらかに」とは何と生々しい表現だろう。はっきりいえば何とエロチックな表現だろうか。地面に落ちた一輪の真赤な椿の花が一瞬、椿の花ならざるものにも見える。それでいて、よくよく見れば椿の花以外の何ものでもない。

「やはらか」という言葉、実はそのものの厚み、肉の厚みを暗にほのめかす言葉である。薄っぺらなものには使わない。花ならば桜や朝顔の花びらには「やはらか」などとはいわない。やはり、この言葉がふさわしいのは肉厚の花である。百合《ゆり》、薔薇《ばら》、ベゴニア、なかでも椿ほどこの言葉がしっくりとなじむ花はないだろう。

椿の落花

けっして蛇笏の若書きではない。昭和二十一年春、還暦の年の作である。このとき、蛇笏ははるか昔に疾風怒濤《しっぷうどとう》の青春時代を走り抜け、世界大戦の時代を生き、息子たちを病気や戦争で失っていた。人生の喜びも、またそれを上まわる悲惨も十分になめた後の作品である。

「やはらか」という措辞《そじ》一つにしても、この言葉のもつ世界のすみずみまで知り尽くしたうえで、この句のここにそっと置いている。とても若者のなせる技ではないだろう。

蛇笏老いて、いよいよ艶《つや》やか。

（『心像』所収）

**鵯《ひよどり》の觜《くちばし》入るる椿かな**　浪化《ろうか》

（『喪の名残』所収）

ヒヨドリは浅い山や林に棲んでいて、ときどき町中の庭や公園にも姿をみせる。木の実や昆虫を好むが、花の蜜も吸うのだろう。「觜入るる」、この言葉でヒヨドリのとがった觜も、まだ開ききっていない椿の花もみえる。浪化は芭蕉《ばしょう》門下。東本願寺法主の末っ子に生まれ、越中井波《えっちゅういなみ》の古刹瑞泉寺《こさつずいせんじ》の住職となった。

**黒潮へ傾き椿林かな**　高浜年尾《としお》

（『年尾句集』所収）

海岸の斜面に椿の木々が海へ身を乗り出すように生えている。椿は江戸時代の園芸家たちによって、さまざまな色形をした花が人工的に造り出された。しかし、華麗な花を見尽くした後で心惹かれるのは原種のただの一重の紅椿である。句に描かれたような海岸の椿林にゆくと、きっと今も原種の椿の花がみられる。

**大雪にうづまつて咲く椿かな**　村上鬼城《きじょう》

（『定本鬼城句集』所収）

春の大雪に見舞われたのだろう。椿の木も雪をかぶってしまった。雪に埋もれて花をつけている。「うづまつて」が彫り込んだ表現だ。雪中の椿の花がけなげに見えてくる。「かぶつて」でも「いただいて」でも表面だけの浅い描写に終わっていただろう。椿の葉の深緑と雪の白と、花は赤。配色も美しい。

**花の数おしくらしあふ椿かな**　**阿波野青畝**《あわのせいほ》　（『甲子園』所収）

「おしくら」とは押しくら饅頭《まんじゆう》のこと。この一語で花の混み具合も、風に吹かれて柔らかに押し合う夥《おびただ》しい数の花も目に浮かぶ。その揺れている花がどれも楽しそうにみえるのも「おしくら」という言葉の働きだろう。押しくら饅頭をして遊ぶ子どもの顔が椿の花に重なる。

**咲き満ちてほのかに幽《くら》し夕椿**　**日野草城**《そうじよう》　（『花氷』所収）

花明りという言葉があるように桜や桃の花はあたりを明るく照らす。それに対して椿は桜や桃のような明るい花ではない。かえって暗い印象さえある。墨を含んだような真紅の花、鬱蒼《うつそう》と茂る深緑の厚く硬い葉、ひんやりと冷たい付近の空気。夕暮れともなればなおさら。

# 片栗

**日洽《あまね》し片栗の葉に花に葉に　石井露月《いしいろげつ》**

「葉に花に葉に」というと、たちどころに思い出す名句がある。

山吹や葉に花に葉に花に葉に　太祇《たいぎ》

炭《たん》太祇は蕪村《ぶそん》の親友。その一世紀半ほど後の人露月は片栗の句の「葉に花に葉に」を、太祇の山吹の句から借りたのかもしれない。

しかし、同じ「葉に花に葉に」といっても二つの句は趣が異なる。太祇の句は、山吹の一枝に花と葉が並んでいる姿を華やかに写しとる。さながら金屏風《びょうぶ》に描かれた山吹の花、

菫

片栗

俳諧《はいかい》の琳派《りんぱ》といったところである。

一方、露月の片栗の句は、もの静かな「葉に花に葉に」だ。春、片栗は雪の消えた雑木林のあちこちに萌え出て、冷たい炎のような薄紫の花を開く。森が青葉に変わる初夏には跡形もなく消え去り、地中深く白い珠となって次の春まで眠って過ごす。句は、早春の日を浴びる片栗の花を水彩風に描く。

露月は秋田の人。青年時代、東京で医学を修め、帰郷して開業医となった。俳句は子規《しき》について学んだ。露月が詠んだのは、春遅い北国の郷里の野辺に咲く片栗の花だったろうか。

（『露月句集』所収）

**かたかごをひつぱる風の吹きにけり**　**石田勝彦**　（『鷗』所収）

片栗の花は咲ききると、ややうつむき加減になり、六枚の細い薄紫の花びらを耳のように後に反らせる。風が吹くと、風がその花びらを後へ引っ張っているようにみえる。女の子のおさげを引っ張る男の子のようないたずらっ子の風。「かたかご」は漢字で書けば堅香子、片栗の古名である。「かたかし」とも読んだ。

**片栗の一つの花の花盛り**　**高野素十《すじゅう》**　（『野花集』所収）

「花盛り」とは、ふつう、たくさんの花が今を盛りと咲き誇っている状態をいう。ところが、素十は「一つの花」に使った。群がって咲く片栗の花のそのなかの一輪に目をとめて、精一杯けなげに咲いている花の命をほめたたえたのである。牡丹のような大輪の花ではなく、ささやかな野の花であるからこそ「花盛り」が引立つ。

**近けれど菫摘《すみれつ》む野やとまりがけ**　**守武《もりたけ》**　（『懐子』所収）

『万葉集』に「春の野にすみれ摘みにと来《こ》し我そ野をなつかしみ一夜寝にける」という山部赤人《やまべのあかひと》の歌がある。後の人々は菫といえばこの歌の「野をなつかしみ」「一夜寝にける」

を思い出した。守武の句は、菫を摘みにわざわざ泊りがけでお出でとはと赤人をからかっている。さすが俳諧の始祖の一人と仰がれる人。

**黒土にまぎるるばかり菫濃し**　**山口誓子《せいし》**　（『激浪』所収）

菫の色は白から濃い紫までさまざま。そして、色の濃さで印象が変わる。白い菫はどことなく幸薄《さちうす》いように見えるし、濃紫の菫は濃い血が流れているような感じがする。誓子が詠むのは、肥えた黒土に紛れて見えないほど濃い紫の菫。菫の色の深さをたたえ、花の命をたたえる。

**手にありし菫の花のいつか失《な》し**　**松本たかし**　（『鷹』所収）

野原からの帰り道、手に持っていた菫の花がいつのまにかなくなっていた。知らないうちに手からするりと抜け落ちたのだろう。ことは菫の花に留まらない。手のなかにあると思っていたものをいつの間にか失《なく》していることはいくらもある。菫の花に託された憂愁《ゆうしゅう》深し。

# 桜 I

**あすひらく色となりけり山桜**　**坂内文應《さかうちふみお》**

花咲く間際の山桜である。折々に眺めながら咲く日を楽しみに待っていた。その山桜の花が明日こそは開きそうだ。決然とした語気から作者の高揚が伝わってくる。

山桜は春になると樹皮が艶《つや》やかに潤い、芽がふくらみ、やがて莟《つぼみ》の房がこぼれ、萼《がく》が割れて花びらがのぞく。その花芽と時を同じくして柔らかな若葉が萌え出す。

若葉の色は緑、赤、金などさまざま。さらによく見ると一木一木少しずつ異なる。若葉の色は花の色と相通じていて、若葉が緑なら花は清々《すがすが》しい白、赤らんでいれば花もほのかな紅。あれは木に宿る山桜の命が花や若葉の色となって発現するのだろう。

桜

山桜（高尾山）

山桜は、花や若葉が開く前から花や若葉と同じ色の光に包まれる。山桜の発するこの光もまた花や若葉となるのを待ちきれずにあふれだしている山桜の木の命にちがいない。

「にほふ」という言葉がある。今では匂いにしか使わないが、古くはものの内部に宿る命が抑えきれずに外に現われるすべてのものをいった。匂いに限らず、花の色も若葉の色も、また花の前の木を包む光も「にほひ」である。「あすひらく色」とは花開くばかりの山桜に立ちこめる花の命の「にほひ」にほかならない。

（『方丈』所収）

**花だより紀三井寺《きみいでら》よりはじまりし**　高浜年尾《としお》

（『年尾句集』所収）

紀三井寺は和歌山市にあるお寺。境内に三つの霊泉があるので三井寺というが、大津の三井寺に対して紀州の三井寺、紀三井寺と呼ばれる。この寺の境内の桜の開花の知らせが早々と届いたのだろう。紀三井寺は早咲きの桜で知られ、例年三月下旬に開花する。西国三十三か所の観音霊場の二番札所でもある。

**桜咲く前より紅気《こうき》立ちこめて**　山口誓子《せいし》

（『不動』所収）

花の咲く前の桜の木に花の紅色の空気が立ちこめている。この句の「紅気」という言葉からすると、染井吉野《そめいよしの》にちがいない。染井吉野は山桜と違ってまず花が咲き、散った後で若葉が萌え出る。純粋に桜の花だけを楽しむための園芸品種である。花と若葉が同時に出る山桜のほのぼのとした気品には欠ける。

**初ざくら其《その》きさらぎの八日かな**　蕪村《ぶそん》

（『蕪村句集』所収）

「願はくは花のもとにて春死なんそのきさらぎの望月のころ」。西行《さいぎょう》法師は、お釈迦《しゃか》様が亡くなった如月《きさらぎ》の望月のころ、花盛りの桜の下で死にたいと願った。如月は陰暦二月、太陽暦の三月ごろである。十五日に満開なら初桜は八日でしょうかと蕪村はおどけた。西行の一世一代の名歌を軽妙に俳諧に転じている。

**初花の水にうつろふほどもなき**　**日野草城《そうじょう》**

（『昨日の花』所収）

一輪二輪、ほころびはじめたばかりの桜の初花。下の池の水にその姿が映っているかとのぞいてみると、花の影はない。ただ暗い水が揺れているだけ。花盛りになれば水が花の色に白く染まるのに、一、二輪では水に影を結ぶほどでもない。初花のかすかさ。

**押し合うて海を桜のこゑわたる**　**川崎展宏《てんこう》**

（『義仲』所収）

本州の北の果て津軽での作。ここまで北上を続けてきた桜の花がいっせいに声となって津軽海峡を渡ってゆく。海にはばまれる北辺の桜を見ているうちに、風の空鳴りに混じって押し合うようにして海を渡る桜の声がたしかに聞こえたのだ。北へ向かってやまぬ桜の命。

# 桜 Ⅱ

**咲き満ちてこぼるゝ花もなかりけり**　　**高浜虚子《きよし》**

昭和三年（一九二八）四月八日、虚子は鎌倉稲村ヶ崎《いなむらがさき》のある人の別荘で開かれた句会に出て、この句を投じた。四月八日は釈迦《しやか》が生まれた日、花祭である。句会の後、一同は寺々を廻《まわ》って花御堂《はなみどう》にお参りした。

まず「咲き満ちて」と口ずさむと、今を盛りと咲き誇る一本の桜が目の前に立ち現われる。そして、何度か、唱えているうちに桜の花が次から次へと咲き広がるように、この句の世界は広がっていく。日本中の桜、さらには宇宙全体に咲き満ちる花の幻が脳裡に浮かんでくる。それでいて一つ一つの花の顔が鮮明に見える。

桜

山桜（北鎌倉）

満ちるものであれば千年前、藤原道長《ふじわらのみちなが》は、

この世をばわが世とぞ思ふ望月の
虧《か》けたることのなしと思へば

と詠んだ。道長の歌の望月は自己の栄《えい》耀栄華《ようえいが》を賛美する道具立てである。

対して、虚子の句は花の宇宙そのものをたたえる、まさに花の曼荼羅《まんだら》ではなかろうか。

曼荼羅とは巨視的でありながら微視的。広大な仏の宇宙の全体像が描かれているが、それでいて、そこに遍在する無数の仏たち一人一人の姿が手に取るように見える。

（『虚子句集』所収）

花吹雪能始まつてゐて静か　六世野村万蔵

（『六世野村万蔵句集』所収）

花吹雪の舞うなか、能が始まった。謡《うたい》や囃子《はやし》は聞こえるが、いかにも静か。狂言師六世野村万蔵（昭和五十三年没、享年八十歳）は昭和四年（一九二九）秋、高浜虚子に入門、生涯、句作を楽しんだ。「ややあつて又見る月の高さかな」は初見参の句。どちらの句も軽快な狂言のせりふまわしが下地になっている。

薄墨の桜巨樹には巨魂あり　金子青銅《せいどう》

（『三伏』所収）

薄《うす》（淡）墨桜《ずみざくら》は岐阜県根尾谷《ねおだに》にある桜の古木である。樹齢千五百年というから、聖徳太子の時代に一粒の種子から芽生えたことになる。今では幾抱えもある幹が枝や葉や花の重みに耐えかねて押しひしがれ、地面のなかにめり込んでいる。木も年を経れば魂が宿る。薄墨桜には年老いた大いなる魂が宿っている。

花ちるや瑞々《みずみず》しきは出羽の国　石田波郷《はきょう》

（『風切』所収）

秋田、山形県一帯はかつて出羽《でわ》の国と呼ばれた。波郷の句は、出羽の国中の桜がいっせいに散り急ぐさまを詠んでいる。雪が解けるのを待っていちどきに訪れる雪国の春の麗しさ、大気の明るさが「瑞々しき」だろう。句の言葉には汽車に乗って窓から花吹雪を眺めながら走り去るかのような速度がある。

**さくら咲きあふれて海へ雄物川《おものがわ》　森澄雄**

（『浮鷗』所収）

雄物川は出羽山系に発し横手《よこて》盆地、秋田平野を潤して日本海に注ぐ大河。句は「海へ」で切れる。さながら流域中の桜が雄物川の流れとなって海へと押し寄せてゆくようだ。芭《ば》蕉《しよう》の「暑き日を海に入れたり最上川《もがみがわ》」の最上川を雄物川に、太陽を桜に移し変えている。

**ゆさゆさと桜もてくる月夜哉《かな》　道彦**

（『小夜の月』所収）

花見帰りの客だろうか。夜空の月を仰ぎながら、江戸の郊外から市中へと続く道を桜の大枝を肩にかついでくる。「ゆさゆさと」が春月の朧《おぼろ》の光を浴びて花の揺れ動く大枝を描き出すだけでなく、花も酒も存分に味わった花見客の気分を表わしている。道彦は一茶と同時代の人。

# 桜Ⅲ 枝垂れ桜

夢殿のしだれ桜は咲《さき》にけり

松瀬《まつせ》青々《せいせい》

枝垂れ桜

夢の器としてのお堂。なんとすてきな発想だろうか。そして、なんとすばらしい言葉だろうか。

夢殿は八角形の小さなお堂である。中空の一点からほどけ落ちた薄絹《うすぎぬ》が、ふわりと風にあおられて八方へ広がったところを、地上から真っ直ぐに立ち上がった柱によって支えられ千三百年の時が流れた。

典雅な八角の屋根は青銅鏡の裏に刻まれた八弁の花を髣髴《ほうふつ》とさせるし、ひたと閉ざした扉や真白な壁でよろわれた姿は、掌《てのひら》に乗るほどの堅牢な宝石箱を思わせる。暗い内部に安

枝垂れ桜（千葉・弘法寺）

置されているのは救世観音像《くせかんのん》。聖徳太子の姿を写したと伝えられる立像《りゆうぞう》である。

法隆寺の東の地には昔、太子の宮殿斑鳩宮《いかるがのみや》があった。太子の死から百十余年後、そこに夢殿が建てられた。夢殿の名は太子の夢に仏が現われて仏典の解釈を教えたという伝説にもとづく。ならば、ほんとうの本尊は夢。

その夢殿の右裏手にいつのころからか、枝垂れ桜の古木があって、年々みごとな花を咲かせる。青々の句はその花にめぐり合った喜びを詠む。さながら夢のなかからこの世へ桜の枝が垂れてくるような幻を秘めている。

（『妻木』所収）

**咲きたれてそよりともせず初ざくら**　**清原枴童《かいどう》**

（『枴童句集』所収）

桜のなかでも枝垂れ桜はひときわあでやかな桜である。もっとも風情があるのは長く垂れた花の糸があるかなきかの風にかすかに揺れるところだろうか。句は枝垂れ桜の初花。まだ二三の花がほころびはじめたばかり。風をはらむこともなく揺れることもなく、しんと枝垂れている。枴童は虚子門、柳川《やながわ》の人。

**糸ざくら花明りまだなさず垂る**　**宮津昭彦《みやつあきひこ》**

（『來信』所収）

花明りとは花びらが明りを発しているかのように、花のまわりがほのかに明るいこと。夜のこともあれば昼のこともある。句は昼間。咲き初めたばかりの糸桜である。言葉に午前中の清らかな空気の気配がある。糸桜は枝垂れ桜のことであるが、糸桜というと花も枝もいっそう細やかな感じがする。

**ゆきくれて雨もる宿や糸ざくら**　**蕪村《ぶそん》**

（『蕪村句集』所収）

平清盛《たいらのきよもり》の弟忠度《ただのり》に「行き暮れて木《こ》の下蔭《したかげ》を宿とせば花や今宵《こよひ》の主《あるじ》ならまし」という名歌がある。蕪村の句はこの歌を下敷きにする。道の途中、日が暮れたので宿をとったが折から降り出した雨が漏りはじめた。まるで雨の伝う糸桜の下にいるかのようというのだ。忠度を気取ったからにはやせ我慢も致し方ない。

**三千の坊減りにけり糸ざくら**　**阿波野青畝《あわのせいほ》**

牡丹《ぼたん》の長谷寺《はせでら》は桜の寺でもある。開山以来千三百年、観音の寺として信仰を集め、一時は初瀬山《はつせやま》山腹を幾多の堂塔が埋め尽くすほどだったが、何度も火災にあって数が減った。ただ減ったとはいえ今も大寺である。句は糸桜が花の枝を垂れて往時を偲《しの》ぶかのよう。

**まさをなる空よりしだれざくらかな**　**富安風生《とみやすふうせい》**

（『松籟』所収）

千葉県市川市真間《まま》の弘法寺《ぐほうじ》に枝垂れ桜の古木がある。句はこの枝垂れ桜を仰ぎながら詠《よ》まれた。描かれたのは春の青空と満開の枝垂れ桜だけ。色の麗しさ、そして、風の静かさ。わずかに「より」の二字が動きをもたらす。空から花が次々にこぼれ落ちてくるかのようだ。

# 桜 Ⅳ

## 東大寺湯屋の空ゆく落花かな　宇佐美魚目《うさみぎょもく》

駘蕩《たいとう》たる気分である。どこから飛んでくるのだろう、一群の桜の花びらがしらじらと輝きながら東大寺湯屋の上に広がる青空を流れ、その空飛ぶ花びらの上を裸足で歩むようなといえばいいだろうか。太陽は高みから柔らかな黄金の光を降り注ぎ、風は暖かい。

この気分の源は、「トーダイジユヤ」という類なく大らかな言葉の響きにあるらしい。東大寺湯屋とは、大仏殿の裏を通って二月堂へ向かう小道の右手に見える建物である。正しくは大湯屋《おおゆや》。表は入母屋《いりもや》、裏は切妻《きりづま》を合わせた長い屋根が美しい。

大湯屋はその名のとおり風呂場である。それも蒸風呂。なかには直径二メートル以上も

桜

桜（奈良・西ノ京）

ある鉄の湯船が据えてあり、これに熱湯をたたえて風呂場に温気《うんき》を満たした。源頼朝《よりとも》による東大寺復興工事で再建され、工事に駆り出された人々もここで汗を流したと伝える。

この句の気分の由来をさらに探れば、東大寺湯屋の「湯」という字にたどり着くだろう。沸き立つお湯の、珠の揺らめくような明るさ、「ユ」という音の柔らかさ。その昔、湯船から湧き起こった真っ白な湯気のように、「湯」の一字から春の陽気が立ちのぼる。

（『天地存問』所収）

**花守の白湯《さゆ》もて終る昼餉《ひるげ》かな　小寺敬子《こでらよしこ》**

（『花の木』所収）

花守とは桜の木を守る人。謡曲ではしばしば花守とも花の精ともつかぬ老人や童子が現われる。現実には桜の木のある庭の主であったり庭師であったりする。句の花守は今、昼餉をすませて白湯を頂いているところ。一碗の白湯が清らかな印象を生んでいる。老桜の精のような白髪の翁を想像したい。

**桜湯のかなたは風の雲となる　友岡子郷《ともおかしきょう》**

（『翌』所収）

八重桜の花を摘んで粗塩に漬けこんだものが桜漬。その一花を碗に入れて白湯を注いだものが桜湯である。湯のなかで開いた花が目に美しいばかりか、あたりに花の香りが立ちこめる。作者は桜湯を口に含みながら、彼方の空の風にながれる雲を眺めている。顔にかかる桜湯の湯気が雲と化するかのよう。

**さまざまの事おもひ出す桜かな　芭蕉**

（『笈の小文』所収）

ある年の春、旅の途中、郷里の伊賀上野《いがうえの》に滞在していた芭蕉は、藤堂《とうどう》家当主に招かれて下屋敷で花見をした。芭蕉は若いころ、前の当主良忠（蟬吟《せんぎん》）に仕え、ともに俳諧を楽しんだ。蟬吟は二十五歳で早世。思い出の桜を前にした芭蕉の胸を数々の思い出が去来する。幾万の古今の桜の句から一句だけ拾うならこの句しかない。

**花を踏《ふみ》し草履も見えて朝寝哉　蕪村**

（『蕪村句集』所収）

「なには人の木や町にやどりゐしを訪《とぶら》ひて」と前書がある。京の花見にきて木屋町の宿屋に泊まっている大坂の人を訪ねてみれば朝寝の最中。土間に並べてある草履には花びらのついているものもある。昨日は遅くまであちこちの花を見て廻って、ちと花疲れのごようす。

**氷《ひ》室《むろ》山《やま》北より見れば桜かな　松瀬《まつせ》青々《せいせい》**

（『妻木』所収）

昔、冬の雪や氷を夏まで蓄えておいた貯蔵庫が氷室。一日中、日の差さない山の北側の洞窟や穴蔵が使われた。氷室の周辺は桜も遅く夏に入ってから咲く。若葉のまぶしい氷室山も裏へ廻れば桜の花盛り。「氷室の桜」は初夏の季語。青々は子規と同世代の大阪の人。

# 桜Ⅴ 山桜

## 吹き上げて谷の花くる吉野建《よしのだて》

飴山實《あめやまみのる》

花は吉野山。その吉野山は一筋の尾根道に沿って土産物屋や旅館が並ぶ。このような地形の建物は道路と地続きの階のさらに下に何層か階があって、道から見ると平屋建ての家が、谷の方から眺めると三階建て、四階建てであったりする。これが吉野建である。

櫻花壇《さくらかだん》は大正十四年（一九二五）に建てられた吉野建の旅館である。広間の縁の手摺《てす》りに寄ると、谷を隔てた真向かいの山腹には掌《てのひら》に乗りそうな如意輪寺《にょいりんじ》の二重塔が見え、花時にはその山の尾根から谷底までいちめんに桜の花に埋もれる。さながら広間ごと花の上に浮かんでいる気分である。

八重桜

山桜

西行《さいぎょう》法師のように花の山に没入して花を眺めるのが吉野の花見とばかり思っていたら、それぱかりでもないらしい。桜の花が散りはじめるころ、一陣の風にあおられた花びらが谷底から吉野建のガラス戸に沿って空へ舞い上がる。花吹雪といえば、花びらが空から舞い降りてくるのだが、尾根の町である吉野山では谷から空へ吹き上がる。名づけて夢中落花《むちゆうらつか》。これこそ吉野の花ならではの醍醐《だいご》味《み》であるというのだ。

夢中落花はその日の花の機嫌次第。なかなかめぐり合えるものではない。だからこそ夢。

(『花浴び』所収)

**これはこれはとばかり花の吉野山**　**貞室《ていしつ》**

（『一本草』所収）

安原貞室は江戸時代初期の人。その代表作である。満山花の吉野山を目の前にしては「これはこれは」と感嘆するばかりで言葉も出ないというのだ。後に吉野山を訪ねた芭蕉も「かの貞室が是《これ》は是はと打ちなぐりたるに、われは言葉もなくて」（『笈《おい》の小文《こぶみ》』）と、先人の句をたたえ、花の吉野山をたたえた。

**はなのかげうたひに似たるたび寝哉《かな》**　**芭蕉**

（『笈の小文』所収）

芭蕉が『笈の小文』の旅で吉野山へ向かう途上、さる農家に宿を借りた折の句。「あるじ情ふかく、やさしくもてなし侍《はべ》れば」と前書がある。「うたひ（謡）」とは『忠度《ただのり》』だろうか。平家の武将にして歌人平忠度の歌一首「行き暮れて木《こ》の下蔭《したかげ》を宿とせば花や今宵《こよひ》の主《あるじ》ならまし」をめぐる世阿弥《ぜあみ》の名曲である。

**花の塵《ちり》ならで形見の札《さね》小札《こざね》**　**川崎展宏《てんこう》**

（『観音』所収）

如意輪寺には楠正成《くすのきまさしげ》の長男正行《まさつら》の鎧《よろい》の小札が残る。正行は父亡き後、南朝方の総大将となり四条畷《しじょうなわて》で敗れて自害した。二十三歳。「返ラジト兼テ思ヘバ梓弓ナキ数ニイル名ヲゾトドムル」。正行が堂の扉に鏃《やじり》で書きつけた決死の歌。かつては緋《ひ》であったかと思われる縅《おどし》の糸も錆色《さびいろ》となりはてた残欠。まこと花の塵。

**素わらぢの雲水あそぶ花の山　坂内文應《さかうちふみお》**

（『方丈』所収）

素足に草鞋《わらじ》をはいた行脚の僧が花の山を闊歩《かっぽ》している。風を踏むかのように足取りも軽く山道をゆく。「あそぶ」とあるが、遊んでいるわけではなく、はた目には遊んでいるかに見えるのだ。「素わらぢ」といい、雲水といい、言葉も雲や水のようにさらりとしている。

**雲を呑《のん》で花を吐くなるよしの山　蕪村**

（『蕪村句集』所収）

花の雲かとまがうばかりの吉野山のようにもとれるが、嵐の句である。前書に「よし野を出る日、風はげしく雨しきりにして、満山の飛花、春をあまさず」とある。ならば、雲とは真黒な雨雲。ただならぬ雲行きの空を花吹雪が飛び迷う。これで今年の花も終《しま》い。

# 桃

**花は桃僧は法然と答へける　川崎展宏《てんこう》**

末法《まっぽう》の世に専修念仏《せんじゅねんぶつ》を説いた浄土宗《じょうどしゅう》の祖法然上人は、建暦《けんりゃく》二年（一二一二）一月二十五日、八十歳の生涯を閉じた。兼好《けんこう》法師はこの先達の言葉を『徒然草《つれづれぐさ》』に記している。

「或人《あるひと》、法然上人に、『念仏の時、睡《ねぶり》にをかされて行《ぎやう》を怠り侍《はべ》る事、いかがして、この障《さは》りをやめ侍らん』と申しければ、『目のさめたらんほど、念仏し給《たま》へ』と答へられたりける、いと尊かりけり」（第三十九段）

眠たければ眠り、目が覚めたらまた念仏を唱えなさい。春潮《しゅんちょう》のうねりのようにおおらかなこの人間肯定の思想こそが法然の一生を貫いて流れていたものだった。

桃の花

桃の花

句は「きまぐれな問いに」と前書する。誰かに「何の花が好きですか」と尋ねられた。そこで即座に「花は桃、僧は法然」と答える。紅の桃の花。その紅に照らされて法然は僧にしておくには惜しいほどに豊かにみえる。

念仏さえ唱えれば救われると説く法然の教えは、古い仏教に見放されていた武士や庶民や女性たちに、水がしみるように広まっていった。さながら恋人のように法然に帰依する女人もいただろう。「花は桃、僧は法然」という答えはその女人の声とも聞こえる。

（『観音』所収）

**白桃《しらもも》の莟《つぼみ》にひなのかほかかむ**　**大江丸《おおえまる》**　（『俳懺悔』所収）

桃といえば今では桃の果実のことだが、江戸俳諧《はいかい》では桃の花をさした。梅といえば梅の実ではなく梅の花をさすのと同じである。句の「白桃」も「はくとう」ではなく「しらもも」と読んで白い桃の花のことである。そのふっくらとふくらんだ莟に目鼻を引けばさながらお雛様《ひなさま》の顔。大江丸は蕪村《ぶそん》と同時代の大坂の人。

**ふだん着でふだんの心桃の花**　**細見綾子**　（『桃は八重』所収）

桃の花は失われた村の失われた家の失われた庭にいつでも咲いている。田園にあってはありふれた花であり、都会にあってはなつかしい花でもある。「ふだん着でふだんの心」とは、毎日を着飾らず飾らぬ心のままで過ごしてゆきたいという作者の願い。細見綾子は平成九年、九十歳で死去。絣《かすり》の着物の似合う人だった。

**舟べりの子は水明り桃の花**　**小寺敬子《よしこ》**　（『花の木』所収）

小舟のへりに腰掛けた子どもが水明りに照らされている。湖か川の流れのゆるやかなところ。桃の花の咲く真昼の舟遊びの光景だろう。舟べりから身を乗り出しているのは少年、それとも少女だろうか。ほっそりとした体が水明りを受けて透けるかのようである。水明りが結んだ舟上の幻影であるかもしれない。

**ゆるぎなく妻は肥りぬ桃の下**　**石田波郷《はきよう》**　（『春嵐』所収）

「春の苑紅《そのくれなゐ》にほふ桃の花下照《したで》る道に出《い》で立つ娘子《をとめ》」大伴家持《おおとものやかもち》。波郷の句はこの歌の少女の千二百年後の後日譚《ごじつたん》として読んでもいい。桃の花明りに照らされていたかの少女はわが妻となり、今や女盛りの堂々たる体軀《たいく》を桃の花の下でやすめている。この句の「桃」は花。

**桃の花咲けども咲けども寒さかな**　**支考《しこう》**　（『松のなみ』所収）

桃の花は晩春四月。旧暦でいえば弥生《やよい》三月、その三日が桃の節句である。このころはふつう暖かな日和《ひより》が続くが、急に季節が後戻りすることもある。「咲けども咲けども」は紅の絵の具をつけて桃の花を殴《なぐ》り描きするかのよう。その紅が春寒のなかで冴《さ》え冴《ざ》えと燃えている。

# チューリップ

**チューリップぶつかり合つて咲きにけり**　**三村純也**

白いチューリップを三十本、花束にしてください。あそこの丈の高いのそろいますか。短く切らないで。そのまま。霞草《かすみそう》とか混ぜないでください。ほんとうにチューリップだけ。セロファンで包むだけにして。濃いブルーのリボンはありますか。

一晩で東京中が春の雪に埋まった日の昼過ぎ、神宮前の外苑《がいえん》西通りの花屋にいると、黒いカシミヤのロングコートを着た女性が入ってきた。冷ややかな花の香りのこもる店内の濡れた床の上を大股で歩いてきて若い店員に近寄ると白いチューリップの花束を頼んだ。

店の一角には色々なチューリップがブリキの花入れに分けて入れてある。絖《ぬめ》のようなピ

チューリップ

チューリップ（昭和記念公園）

ンク、真赤な飛沫を浴びた黄色、透きとおる真紅、炎を含む黒。店員は白いチューリップを花入れから残らず抱え上げると、作業台のガラスの花入れに移して花を数えはじめた。

みずみずしく丈高く丈夫な白いチューリップだった。束ねてセロファンで包み、青いリボンをかける間じゅう、花と花が触れ合って雪のきしむ音を立てている。でき上がった花束は白い大きな鳥のようにコートの腕に抱えられて雪の積もった街へ消えていった。

（『Rugby』所収）

## 缺席《けっせき》の詫《わび》チューリップ十二本　後藤日奈夫《ひなお》

（『花びら柚子』所収）

自分で持参するつもりでいたチューリップの花束を欠席のお詫びに届けてもらった。十二本のチューリップの贈り物なんて、どんな人のどんなお祝いだったのだろうか。薔薇《ばら》ならばかしこまった席を想像するが、チューリップなら打ち解けた間柄の内輪の集まりにちがいない。花はしゃべらないけど、とても雄弁。

## チューリップ見向きもせずに猫通る　小田七重

猫という動物は自分の興味のないものは一切見えない動物である。というと、猫が怒りそうなので言い換える。猫という動物は自分の興味のないものは一切見えないふりをしている動物である。花壇のチューリップがあんなにきれいに咲いているのに、あの猫、まったく目に入らないかのように素知らぬ顔で通り抜けてゆく。

## 筋肉のひらききつたるチューリップ　川崎展宏《てんこう》

（『秋』所収）

咲いたばかりのチューリップは昼間、暖かくなると花びらを開き、夕方になると花びらを閉じる。毎日毎日、繰り返すうちに花びらが閉じなくなり、やがて開きっ放しになって散る。開ききったチューリップは雄しべも雌しべも丸出しのあられない姿をさらす。「筋肉のひらききつたる」とは、哀れなバレリーナのよう。

**ぽかりと真ッ黄ぽかりと真ッ赤チューリップ　松本たかし**

（『火明』所収）

長い間、チューリップといえば赤か黄色か白だった。とりどりの色、さまざまな形の花が出回るようになったのはごく最近のことである。松本たかしは昭和三十一年、すでに半世紀近く前に亡くなっているから昨今の百花繚乱《ひやつかりようらん》を知らない。稚拙愛すべきチューリップの句。

**チューリップ喜びだけを持つてゐる　細見綾子**

（『桃は八重』所収）

この世界には悲しいことやつらいことがいっぱいあるのに、チューリップの花は悲しみなど知らぬ気に、喜びだけを花びらのなかに抱いているかのように風に揺れている。句の言葉の向こうから、悲しみなどなければどんなにかいいだろうという作者の無邪気な嘆きの声が聞こえる。

# 菜の花

**菜の花や鯨もよらず海くれぬ　蕪村《ぶそん》**

南紀あたりだろうか。海辺の村の菜の花畑。太陽は今し方、沈んだが、空にも海原にも菜の花畑にも余光が漂い、まだ明るいのだ。

「鯨もよらず」とは蕪村の嘆息である。ああ、とうとう今日もこの浦に鯨は姿を見せなかった。何も獲《と》って食おうというのではない。この菜の花の咲く沖に鯨が現われたらいいのに、というまるで子どものような願い。

十年以上も昔のことになる。神田の岩波ホールで『八月の鯨』という映画を観た。アメリカ・メイン州の島の別荘で暮らす老姉妹の一夏の日々を淡々と描いた映画だった。妹役

菜の花

菜の花

のリリアン・ギッシュが九十一歳、姉のベティ・デイヴィスが七十九歳。二人の別荘は大西洋を見下ろす崖の上にある。妹は目の見えないわがままな姉の世話をしながら少女のころに見た鯨がふたたび帰って来るのを心のなかで待っている。しかし、鯨は現われない。

鯨が現われないからこそ、映画は懐かしい思いに満たされ、蕪村の句は果てしない郷愁の世界を描くことができた。もし、鯨が現われていたらどちらもそこでオシマイ。

願いは願いのまま終えさせる。これも人生のみごとな処し方である。


（『蕪村句集』所収）

**菜の花や一本《ひともと》咲きし松の下**　宗因《そういん》

（『丸一年』所収）

江戸時代に入ると、それまでは公家や武家、寺社だけで使われていた菜種油の灯明が町家にも広まる。このころから京大坂や江戸の近郊では油の原料である油菜の畑がちらほらと見られるようになる。西山宗因（一六〇五〜八二）はまさにこの時代の人。菜の花がまだ一本であるというところが当代風である。

**菜の花の世界にけふも入日かな**　淡々《たんたん》

（『淡々句集』所収）

松木淡々（一六七四？〜一七六一）は芭蕉、次いで其角《きかく》に俳諧を学んだ。淡々が生きた江戸時代半ばともなると、幕府や各藩の菜種油生産奨励によって各地に広大な菜の花畑が出現する。まさしく「菜の花の世界」。蕪村（一七一六〜八三）の名吟「菜の花や月は東に日は西に」のさきがけとなる一句である。

**菜の花の四角に咲きぬ麦の中**　正岡子規《まさおかしき》

（『子規句集』所収）

明治時代になっても、春の田園はやはり菜の花の黄に染まった。子規が描くのは麦畑のなかにある一枚の菜の花畑。それを「四角に咲きぬ」とおかしがったところが、快活な精神の持ち主であり美しい水彩画を描いた子規らしい。目の覚めるように鮮やかな形と色の対比。緑のなかに黄色の四角がくっきりと浮かび上がる。

**菜の花は濃く土佐人《とさびと》の血は熱く**　**松本たかし**

（『火明』所収）

土佐人といえばいごっそう。いごっそうとは名誉や利益にとらわれずに自分の信念を貫こうとする人。となると坂本龍馬《りょうま》だろう。やりたいことをやってさっさと歴史の舞台から退場してしまった。土佐人も菜の花も黒潮が育てた。病弱だった松本たかしの憧れがのぞいている。

**菜の花の黄のひろごるにまかせけり**　**久保田万太郎《まんたろう》**

（『流寓抄』所収）

大戦後の高度経済成長によって田園から失われたもの。麦の畑と菜の花の畑。万太郎の句は、いちめんの菜の花畑が消滅する前の最後の光景である。春が喜びの声をあげるように、あちらの畑、こちらの堤と次々に菜の花の黄色に染まっていった。もはや何の力を借りてもこの黄の増殖は止めようがない。

# 藤

**白藤や揺りやみしかばうすみどり**

**芝不器男《しばふきお》**

藤の花

気まぐれな風がどこかへ行ってしまったために藤の花の揺れが徐々に鎮まると、花房を構成している一つ一つの花の形と色が見えはじめ、今までは風と混じり合って揺れ動くただ白い色彩でしかなかった藤の花が実は白ばかりではなくはるかに精妙な色の細部を秘めていることが明らかになる。

たしかに花房は白い泡のような花の集合体であるが、中心を一本の明るい緑の芯《しん》が走っているのが花のすき間からうかがえ、その芯からさらに枝分かれした同じ色の何本もの短い茎の先に白い花が一つずつ、新鮮なミルクのような皮膚を日差しから守ろうとして互い

藤の花

の陰に隠れるように下がっている。

　厳密にいえば花びらは白ではなく、つけ根の部分から茎の緑が白い皮膚の内部へ流れこんでいて、それが緑の色素であるのかそれとも花びらに落ちる花びらの影が緑なのか識別できないくらい、かすかな緑に染まっているために花房全部が淡い緑の光を帯びて匂いたつようにみえる。

　一筆でさっと句に描き取った白藤の命。不器男は昭和五年（一九三〇）、いくつもの名句を残してわずか二十六歳の生涯を終えた。（『芝不器男句集』所収）

**藤の房吹かるるほどになりにけり**　三橋鷹女《みつはしたかじょ》（『魚の鰭』所収）

晩春、鎌《かま》の刃のように先のとがった藤の芽がほぐれて、折り紙のように畳まれた若葉と莟《つぼみ》の小さな房が現われる。やがて若葉が羽のように開いて地上に細かな影を落とすころには、花房の丈も少し伸びていつの間にか庭を渡る風に揺れるほどになる。鷹女が目をとめたのはそのころの初々しい藤の花の姿。

**神の杉ましろき藤をかけにけり**　岸風三楼《きしふうさんろう》（『往来』所収）

桜の花も散り果てるころ、山中のあちらこちらの木々の梢《こずえ》に藤の花が煙るようにかかっているのを見かけることがある。あれは山々が目を細めて去りゆく春を惜しんでいるのだ。遠くから眺める藤の花には何かのまなざしのような気配がある。句は緑濃い神木の杉にかかる白藤。空を吹く風にそよぐ神々しくも清らかな白。

**滝となる前のしづけさ藤うつす**　鷲谷七菜子《わしたにななこ》（『銃身』所収）

すぐ先に轟《とどろ》き落ちる滝があるとは思えぬほど静かに流れてゆく水。やがて滝となると思うからこそ目の前を流れてゆく水がいよいよ静かなものとして映る。流れに覆いかぶさるように伸びた木の枝から藤の花房が垂れ、滑らかな水面に影を落としている。もはや後戻りできない水の空恐ろしいような静けさ。

**草臥《くたびれ》て宿かる比《ころ》や藤の花　芭蕉**

(『笈の小文』所収)

『徒然草《つれづれぐさ》』には「藤のおぼつかなきさましたる」(第十九段)とある。おぼつかなさとは漠とした心もとなさ。芭蕉の句は、このおぼつかなき藤の姿を一句にした。大和《やまと》を旅していたときの作。夕闇にほのかに浮かぶ藤の花をみて、あてどない郷愁を感じた。

**藤の花長うして雨ふらんとす　正岡子規《まさおかしき》**

(『子規全集』所収)

子規には藤の花を詠《よ》んだ高名な歌がある。「瓶にさす藤の花ぶさみじかければたたみの上にとどかざりけり」。病の床に横たわったまま眺めた藤の花。句の方は長く垂れる藤の花房に雨の気配を感じている。これも兼好《けんこう》法師のいう「おぼつかなきさま」の一つの変奏。

# 躑躅

**たそがれの端居《はしい》はじむるつつじかな　其角《きかく》**

夏の宵、夕食の後で縁側に座を移してしばし涼を探る。これが端居である。夕涼みなら路地だろうと河原だろうと所は問わないが、端居となると文字どおり家の端、縁側やヴェランダでの夕涼みに限られる。

犬の背に足軽くおく端居かな　相島虚吼《あいじまきよこう》

これは縁側に腰かけて愛犬の背中を足の裏で撫《な》でているという屈託のない構図。

さて、其角の句。其角その人と思《おぼ》しき人物が躑躅《つつじ》の花咲く夕暮れの庭を眺めながら端居

躑躅

躑躅

しているところである。

古来、歳時記では躑躅を晩春四月の花としてきた。ならば、端居をするにはちと早すぎるわけであるが、そこは其角のこと。晩春とはいえ、夕闇迫る躑躅の花に早くも夏の兆しを見てとって早速、縁側に出てくつろぐことにしたのである。

炎《ほむら》のような真紅の躑躅だろうか、残雪のように白い躑躅だろうか。夕闇に浮かび上がる躑躅の花の印象的なこと。たしかに躑躅は夕暮れにこそ見るべき花である。


（『続虚栗』所収）

**紫の映山紅となりぬ夕月夜《ゆうづくよ》**　**泉鏡花《きようか》**

（『鏡花全集』所収）

映山紅と書いてツツジ。漢字のとおり山に映える真紅の花を思い浮かべる。その紅い花が夕暮れて紫に見えるのだ。泉鏡花は十七歳で尾崎紅葉《こうよう》の書生となって小説を学び、俳句も学んだ。句の紫、映山紅、夕月夜はどれも鏡花が小説に書いた耽美《たんび》の世界のかけらである。俳句は短い詩であるが、その人を正確に映し出す。

**芝山や所々の花躑躅**　**信徳《しんとく》**

（『雛形』所収）

芝山とは芝生におおわれた山。庭園に造られた築山《つきやま》をさしているのだろう。あちこちに躑躅の植え込みがあって、今を盛りと色とりどりの花が咲き誇っている。伊藤信徳は芭蕉と同時代の京の人。裕福な商人だった。当時、盛んに造られた庭園に芝生の築山と丸く刈りこんだ躑躅はなくてはならぬものだった。

**蜥蜴《とかげ》の尾つつじの花に垂れにけり**　**宇佐美魚目《うさみぎよもく》**

（『草心』所収）

蜥蜴が躑躅の植えこみの上を駆け回っている。植木屋がきれいに刈りこんだ躑躅だろうか。刈りこんだ面に沿って葉が茂り、そこに躑躅の紅い花が食いこんで咲いている。蜥蜴には絶好の遊び場。時々、蜥蜴の尾が花の上にゆらりと垂れ下がる。瑠璃《るり》色の尾と真紅の花。岩絵の具を厚く重ねた障壁画のよう。

**花稀《ま》れに老いて木高きつつじかな　太祇《たいぎ》**

（『太祇句選』所収）

躑躅の木は毎年、こまめに刈りこまなければ、枝をまばらに広げてふつうの木のように高々と伸びる。山躑躅を見ればわかる。太祇の句は丈高く伸びた躑躅の老木である。ちらほらと花をつけていて、なかなか品がいい。植物は人間が手を加えなければ、おのずからよき姿となる。

**ついついとつつじの雄蕋《おしべ》残りたる　高野素十《すじゆう》**

（『初鴉』所収）

花にはその花にふさわしい最期の姿がある。桜は散って花吹雪となり、椿は散り敷いて落椿となる。躑躅の花は命を終えると、筒状の花びらが蕊からすとんと抜け落ちる。後には受粉をすませた一本の雌蕊と反り返った数本の長い雄蕊が残される。それが躑躅の花の仕舞い。

# ライラック

**往時《おうじ》茫々《ぼうぼう》大陸リラの咲く頃か　福田蓼汀《りょうてい》**

春、はるか西方から吹く強風が乾いた大地の黄色い砂を巻き上げ、大陸の街や田畑や東の海の島々に降らせる。昼も夜もなく降りしきるその黄色い砂に包まれる街路のように過ぎ去った歳月はぼんやりと霞んでいる。

その時間の黄砂《こうさ》の彼方から浮かび上がってくる記憶の断片がある。プラタナスの並木道に沿って並ぶ家々。ガラス戸を押してその一軒に入ると、中庭に花盛りのライラックの木があった。花房に顔を近づけると、薄紫の花びらに空から降ってきた土埃《つちぼこり》がうっすらと古い写真の埃のように積もっている。

鈴蘭

ライラック

空の青と命の赤が混じり合って生まれるさまざまな諧調の紫は憧れやその裏返しである憂愁にかかわる色である。ライラックの花の紫は菫《すみれ》ほど哀しみに沈んではいないが、葵《あおい》よりは蒼《あお》ざめている。吹き寄せられた泡のように小さな花が集まって夢をみている。

「往時茫々」とあるからには、この句はかつて訪れた中国大陸の思い出にちがいない。戦前か、戦時中か。あるいは戦後のことか。日本に黄砂の降るある春の日、いつか大陸の街でめぐり合わせたライラックの花盛りが脳裡によみがえった。

（『秋風挽歌』所収）

**どの家もライラック咲く大路かな**　**広瀬一朗**（『初刷』所収）

大通りに面した家々の垣根やヴェランダにライラックの花が咲き、近づくと甘い香りがする。ライラックとあるだけで異国風の街が想像される。それともほんとうの外国の街だろうか。記憶のなかで眠っているかのようなひっそりとした街並み。ライラックの花には何もかも思い出にしてしまう力がある。

**国遠く来て任にあり丁香花**　**三木朱城**《みきしゆじよう》（『ホトトギス第二同人句集』所収）

ライラックは北海道の遅い春の花である。和名はムラサキハシドイ。紫丁香花という漢字を当てる。ここでは「丁香花」とだけ書いてライラックと読ませている。「国遠く来て任にあり」とは作者自身のことだろうか。明治時代、開設されたばかりの札幌農学校や北海道開拓使に勤めた若き教師や官吏の面影もある。

**すずらんのりりりりりりと風に在り**　**日野草城**《そうじよう》（『銀』所収）

鈴蘭の小さな白いベルのような花が茎に一列に並んで風に震えている。その音が「りりりりりり」。目に見える花の姿から心の耳に聞こえた音。鈴蘭は初夏を告げる花である。

山中の自生地では木々が若葉に染まるころ、清らかな香りの花をのぞかせる。英語では「リリー・オヴ・ザ・ヴァレー」、谷間の百合。

**鈴蘭の葉をぬけて来し花あはれ　　高野素十《すじゅう》**　（『雪片』所収）

鈴蘭はくるくると巻いた葉の間から伸びる一本の茎に点々と蕾《つぼみ》を結び、蕾がふくらんで花になる。「花あはれ」とはこんな可憐な花が堅く巻いた葉をよく抜け出してこられたものだという花の命への賛美。この世に生まれ出るすべての花、すべての命への賛美でもある。

**鈴蘭をわかつふたりの歌人に　　山口青邨《せいそん》**　（「夏草」掲載）

「歌人」は広く詩歌を詠《よ》む人という意味だろう。それが誰かは問題ではない。鈴蘭の花を分け与えることによって作者と二人の歌人、三人の間に誓いめいたものが生まれる。青邨は冶金《やきん》学の教授であり教育者だった。「わかつ」の一語、そうした人らしい言葉である。

# 水芭蕉

**水芭蕉ならぬはなしや水《みず》鏡《かがみ》**　**阿《あ》波《わ》野《の》青畝《せいほ》**

水に映って揺れているいくつもの白い影。どれもこれも水芭蕉の花の影である。この句の「ならぬはなしや」には、ちょっと見ただけでは何やらわからないが、よくよく見るとみなそうだという驚きがこもっている。

雑木林のはずれで沢をあふれた雪解け水にいっせいに咲き出た水芭蕉の一群を見つけたのだろうか。水の上に白い花がある。そして、その花に瓜二《うりふた》つの白い影が水のなかにたたずんでいる。白い花とその白い影が背中合わせに水面にもたれかかっているようだ。

古代の人々は自分の姿を見るのにずいぶん苦心した。青銅や鉄の板を心をこめて磨き上

水芭蕉

げてやっとほのかな影を見ることができた。拙《つたな》い人工の鏡に比べると、水ははるかに精妙にものの影を映し出した。天体を映し雲を映し山を映す水の鏡を古代人はまさに神技と崇《あが》めたことだろう。

水芭蕉の花はいつでも水に映っている。水に映って揺れている。水芭蕉の花を思い浮かべるとき、実はこの花の咲き出た水と水の鏡に映った白い影も一緒に思い浮かべているのだ。もし水の鏡がなかったら水芭蕉なんてずいぶん間の抜けた花であるにちがいない。

(『除夜』所収)

河骨

水芭蕉破れし花を咲かせけり　萩原麦草《はぎわらばくそう》

（『麦嵐』所収）

名曲「夏の思い出」の歌詞の一節には「水芭蕉の花が咲いている／夢みて咲いている水のほとり」とあるが、歳時記では水芭蕉は晩春四月の花にしている。湿原の雪が解けるといち早く咲く花である。一枚の白い花びらのように見えるのは花を包む仏炎苞《ぶつえんほう》と呼ばれるもの。風に裂かれたか、ばさりと破れている。

水芭蕉見に来る人のたまにあり　伊藤湖雨城

（「欅」掲載）

尾瀬《おぜ》のような観光地ではなく、どこにでもある村のどこにでもある水辺に咲いている水芭蕉だろう。こんな花をわざわざ眺めにくる人など滅多《めった》にいない。稀《まれ》にどこかの誰かがやってきてしばらく静かに眺めていたかと思うと、またひっそりと帰ってゆく。尾瀬とともに知れ渡るまでは水芭蕉はそんな花だった。

河骨《こうほね》の二もと咲《さく》や雨の中　蕪村

（『蕪村句集』所収）

「河の骨」なんて禅気《ぜんき》があってなかなかいい名である。草花の名前としては十傑に入る。水底に横たわる茎根が白々とした骨に似ているところからこう呼ばれるらしい。この名前とは裏腹に黄金色の玉のような花をつける。歳時記では仲夏六月の花。蕪村が描くのは五月雨《さみだれ》に打たれる長短二本の河骨である。

**河骨の花に神鳴る野道かな　高浜虚子《きよし》**

（虚子編『新歳時記』所収）

野道を歩いていると、一天《いってん》にわかに掻《か》き曇《くも》り、ごろごろと鳴り出した。むらむらと湧き起こる雷雲が道の辺の池の面に映り、やがてぽつぽつと落ちはじめた雨粒が水面に輪を広げはじめた。その水面から傾いて立ち上がる河骨の花と葉。さっと描いて生気がある。

**河骨の棒ばかり立つ水明り　飴山實《あめやまみのる》**

（『辛酉小雪』所収）

明け方だろうか。それとも、夕暮れ。ほのかな水明りのなかに河骨が何本か水面に刺さっている。「骨」とあってさらに「棒」とくれば、否応なく簡素な構図が浮かぶ。そこから清々しい気合いが立ち昇るかのようだ。あるはずの葉は一切、消してしまった。花はまだ莟《つぼみ》。

# 牡丹

**牡丹の奥に怒濤怒濤の奥に牡丹**　**加藤楸邨《しゅうそん》**

高々と迫《せ》り上がっては一気に崩れ落ちる怒濤。潮と風の混じり合うその真白な塊のなかから牡丹の大輪の花が浮かび上がる。すべての花びらはどの花びらとも触れ合わず、ひとひらひとひらがみな凛々と震えている。その牡丹の花びらの奥からふたたび怒濤が立ち上がる。

巨岩を割ったような荒々しい句である。「牡丹の奥に怒濤」と「怒濤の奥に牡丹」の間には断層がある。まず「牡丹の奥に怒濤」とは牡丹の花びらの奥から怒濤の音が聞こえてくる、耳による感受。つぎに「怒濤の奥に牡丹」とは荒れ狂う怒濤の彼方から牡丹の花が

牡丹

牡丹

現われる、目による感受。牡丹と怒濤。静と動。その果てしない繰り返し。

昭和五十八年（一九八三）四月、七十七歳の楸邨は隠岐《おき》を旅した。そのときの句である。楸邨は昭和十六年（一九四一）春に初めて隠岐を訪ねた。次の句はそのときの句（『雪後の天』所収）。

隠岐やいま
　木の芽をかこむ怒濤かな

牡丹の句は、最初の旅で詠《よ》んだ怒濤が四十年以上経た後、ふたたび隠岐を訪れた楸邨の前に威力を増して姿を現わした句だった。（『怒濤』所収）

**散りて後おもかげにたつぼたん哉《かな》**　**蕪村**
（『春秋稿初編』所収）

蕪村には「牡丹散りて打ち重なりぬ二三片」など牡丹の名句がいくつもある。よほど性の合った花だったのだろう。それに対して芭蕉には見るべき牡丹の句がない。華やか過ぎたのだろうか。この句は、牡丹の花が散った後、空漠たる空間に浮かぶ牡丹の花の俤《おもかげ》を詠む。現実の花よりもいっそう豊麗な花の俤。

**白牡丹といふといへども紅ほのか**　**高浜虚子《きよし》**
（「ホトトギス」掲載）

白い牡丹の花。雪白とばかり思っていたら、少女の頬のようにうっすらと紅が漂っている。花びらが紅に染まっているのではなく、白い花びらの上を薄紅色の光が漂っているかのようでもある。「いふといへども」の類ない柔らかさ。対するに「ハクボタンと……コウほのか」と乾いた音で読みたい。

**芍薬の蕾《つぼみ》をゆする雨と風**　**前田普羅《ふら》**
（『春寒浅間山』所収）

牡丹は木であるが、芍薬は草。冬を越した株から春、芽がいっせいに伸びて丈高くしなやかな茎となり、その先に可憐な花を開く。この真直ぐな立ち姿こそ芍薬の命。句は芍薬の玉のような蕾が初夏の嵐にもまれているところ。茎が長いので蕾はよく揺れ動く。花びらの少しのぞいている蕾もあるだろう。

**芍薬の一ト夜《ひとよ》のつぼみほぐれけり**　**久保田万太郎《まんたろう》**

（『流寓抄』所収）

昨日まで蕾であった芍薬が一夜にして花開いた。朝、その咲いたばかりの花を目の当りにした驚きが咄嗟《とっさ》の一句になった。そんな感じの句である。「一ト夜に」ではなく、「一ト夜のつぼみ」が哀切。一夜、蕾であったというのだ。開いたばかりのみずみずしい花びら。花の色は白の一重だろうか。

**しやくやくの芯《しべ》の湧き立つ日南《ひなた》かな**　**太祇《たいぎ》**

（『俳諧新選』所収）

芍薬の花の真んなかには蕊の毬《まり》がある。一本の雌蕊《めしべ》を囲んで無数の雄蕊《おしべ》が集まっている。大きな毬なのでほかの花よりも明らかに目につく。句は、この蕊の毬が初夏の日差しを浴びて湧き上がってくるかのようだというのだ。きっと花びらが開き切っているのだろう。火焰《かえん》の玉のようでもある。

# 薔薇

**咲き切つて薔薇の容を超えけるも　　中村草田男《くさたお》**

「薔薇の容《かたち》を超えける」とは、咲ききった薔薇が薔薇以上の何かに姿を変えてしまったことをいう。単に花の形が崩れたというのでなく、崩れることによって出現する薔薇以上のもの。それが草田男が「超えけるも」にこめたものだろう。

ある雑誌を読んでいたら、

薔薇ひらききつて芯まで風およぶ　　矢部栄子

という句があった。この句を一輪の薔薇と草田男の句の間におけば、咲ききって現われる

黄色の薔薇

薔薇

薔薇以上の何かがみえてくる。

薔薇は芯まであらわに風にさらしている。薔薇という花の自己放下《ほうげ》の姿。理性によってみずからを律することを放棄して、みずからの命を命のままにあらしめた姿。

薔薇とは限らず、花が開くとはそういうことだろう。花は咲ききってみずからを解き放さなければ花になれない。

花に限らず人もまた同じ。母親たちは新しい小さな命をこの世に送り出すとき、だれでもみな草田男の薔薇である。

（『美田』所収）

**薔薇園《さうびえん》一夫多妻の場をおもふ**　**飯田蛇笏《だこつ》**

（『椿花集』所収）

いちばん印象に残っている薔薇園はニュージーランドのオークランドにあるパーネルの薔薇園である。パーネルの丘の上に広がる瀟洒《しょうしゃ》な住宅街の一画にあり、眼下には南太平洋が広がっていた。二十歳を過ぎたばかりの初夏だった。とりどりの色の髪と肌と目の薔薇が高々と吹き渡る海風にそよいでいた。

**番傘《ばんがさ》の軽るさ明るさ薔薇の雨**　**中村汀女《ていじょ》**

（『汀女句集』所収）

唐傘は竹の骨に紙を貼って油を引いた昔ながらの傘である。唐傘のうち普段使いの丈夫な傘が番傘。番傘の番は番茶の番。日常の、粗末なという意味がある。庭の薔薇に雨が降り注いでいる。番傘を開くと、薔薇の花明りが射しこんで傘の内が明るく照らされた。ぱらぱらと油紙を打つ雨粒の音も聞こえる。

**花びらの落ちつつほかの薔薇くだく**　**篠原梵《ぼん》**

（『雨』所収）

今までやっと花の姿を保っていた薔薇の花びらがはらりと崩れ落ちて、下に咲いていた薔薇の花を打った。その花びらの柔らかな衝撃で下の薔薇も砕け散る。風さえ薔薇の香りがするかのよう。夏を迎えた薔薇園の奥でひそやかに繰り返される薔薇による薔薇の破壊。何かとても豪華なものを見たような気がする。

**バラそよぐ風の中にてマッチする**　**青池秀二**

（『現代俳句全集』所収）

初夏の風が庭中の薔薇の花をしきりに揺らしている。立ち止まってマッチを擦《す》った。火がつくと風で吹き消されないように掌《てのひら》で囲って口にくわえた煙草の先に火を移す。自分のその仕草が作者は好きなのだ。炎は薔薇の花びらのように風に揺れ、薔薇は炎のように揺れている。

**ばら展のばら競ひつつ萎《な》えてゆく**　**山口波津女《はつじょ》**

（「天狼」掲載）

薔薇展に出品されたいずれ劣らぬみごとな薔薇が会期が進むにつれて徐々に衰えてゆく。みな「競ひつつ萎えてゆく」ように見える。しかし、薔薇の花自体は競っているわけではない。人の心がそう見させるのである。作者は薔薇に人の世界を重ねて見ているのだろう。薔薇は無心に咲いているだけ。

# 石楠花

石楠花は暁の雲に濡れにけり　小杉余子《よし》

石楠花《しやくなげ》色の空を見たことがある。

大きな木立の陰から華やかに着飾った何組かの恋人たちが睦《むつ》み合いささめき合いながら船着場へそぞろ歩いてゆこうとしている。船着場の空には一本の舟の帆柱が高々と聳《そび》え、何とキューピッドたちが肩に生えた愛らしい翼を羽ばたかせながら飛び回っている。

薔薇色よりも淡く、茜《あかね》色よりもはかない、朝焼けのような空の色合い。あの空の色が石楠花の花の色なのだ。恋人たちの頬もあたりの空気も同じ色合いに染まっている。

絵の題名は「シテール島への船出」。画家の名はアントワーヌ・ヴァトー。十八世紀初

石楠花

石楠花

頭、フランスの宮廷で花開いたロココ様式を代表する画家である。

海の泡から生まれた愛と美の女神アフロディーテは西風に吹かれてギリシア南端のキュテーラ島にたどり着く。このキュテーラこそシテール。女神が初めてその美しい素足で歩いた島の名はいつしか遠いフランスの地で恋の成就が約束された理想の島の名に変容していた。

石楠花は余子の句が描くとおり深山の雲のなかで花を咲かせる。その花は夢見るようなヴァトーの空のかけら。

（「国民俳句」掲載）

**石楠花を隠さう雲の急にして**　**阿波野青畝**《あわのせいほ》
（『国原』所収）

山中の木々の間を雲が流れ、石楠花の花が見え隠れしながら次第に雲に消されてゆく。石楠花の咲く初夏の雨気を孕《はら》んだ雲の動きをいきいきと描く。「隠さう」とは隠したり現わしたりという意味である。正しくは「隠さふ」。「移ろふ」「渡らふ」のように「ふ」は徐々に何々することを表わす。深山幽谷《しんざんゆうこく》の風趣あり。

**石楠花やほのかに紅き微雨《びう》の中**　**飯田蛇笏**《だこつ》
（「国民俳句」掲載）

紅い雨が降っているのではない。細かな雨が石楠花の紅に染まっているのだ。「石楠花のほのかに紅し微雨の中」といえば平板。「石楠花や」で切り「紅き微雨の中」とつないで一挙に気迫に満ちた句になった。この石楠花、花ではなく頬を紅に染めた若い女人であるかのようにも見える。豪腕にしてたおやか。

**石楠花やその岩も澄み苔《こけ》も澄み**　**加藤知世子**《ちよこ》
（「冬萌」掲載）

深い山に入ると、空気も木々ばかりか土や岩石さえも清らかな感じがする。土中の微生物が活発にはたらいて生物の死骸など不浄なものをすべて分解してしまっているからだろう。かつてはあの清浄感を仙気と呼んだ。この句も深山の仙気をとらえようとしている。石楠花の咲くあたり、大きな岩も岩の苔も清らか。

**石楠花や二瀑が見ゆる椅子を置き　斎藤素彦**

（「夏草」掲載）

山のホテルか山荘のテラスだろうか。遠く近く二つの滝がある。その二つを居ながらにして眺められる位置に椅子が置いてある。石楠花の花は潤い、木々の若葉は風に騒いでいる。「二瀑が見ゆる椅子を置き」という。ゆったりとした言葉の流れがそのままこの時の作者の心。

**石楠花や誰に折られて岩の上　志江《しこう》**

（『新類題発句集』所収）

山道を歩いてゆくと、かたわらの岩の上に折り取った石楠花が置いてある。今し方、誰かこの道をたどっていった人がいるのだ。後から来る人のために石楠花の花を置いていくなんてどんな人だろう。懐かしい思いが湧き起こる。深い山のなか、石楠花の一枝の帯びる人の気配。

# 新緑

夏山の中に月山《がつさん》美しくしく　前田普羅《ふら》

月山は麗しき山。芭蕉は元禄二年（一六八九）夏、この山に登った。朝早く出発して雲や霧の立ちこめる八里の山道を登り、やっと頂上にたどり着いたときには太陽は日本海に沈み、月が光をもちはじめていた。陰暦六月六日のことであるから夕月である。『おくのほそ道』にはこのあと、「笹《ささ》を舗《しき》、篠《しの》を枕として、臥《ふし》て明《あく》るを待《まつ》」とまるで野宿でもしたかのように書いてあるが、実際は山頂の小屋で一夜を明かした。

雲の峯幾つ崩《くずれ》て月の山　芭蕉

新緑と川

新緑（青森・八甲田）

昼間は天を衝《つ》くばかりに聳《そび》えていたいくつもの入道雲が夜には崩れてしまって、今はこの月山が月の光に照らされている。

　月山は羽黒山《はぐろさん》、湯殿山《ゆどのさん》とともに出羽《でわ》三山《さんざん》と呼ばれ、はるか昔から聖なる山として崇《あが》められてきた。芭蕉の句が夏の夜の姿なら普羅の句は夏の真昼の月山を荘厳に描き出す。

　月山は遠くから眺めると精悍《せいかん》な雄牛が臥しているように見える。中腹までは橅《ぶな》の樹林に覆われ、初夏、若葉のそよぐ林のあちらこちらに黒百合がひそかに花を咲かせる。（『定本普羅句集』所収）

**摩天楼《まてんろう》より新緑がパセリほど**　**鷹羽狩行《たかはしゅぎょう》**

（『翼灯集』所収）

ニューヨークのエムパイア・ステート・ビルの展望フロアから眺めた地上の光景。新緑の樹木が小さなパセリくらいに見える。作者がこの句を詠んだのは三十年ほど前。新緑をパセリにたとえたところにアメリカの楽天性が写しとられている。今では日本でも摩天楼は珍しくないが、さすがに新緑はパセリにはみえない。

**若楓《わかかえで》京に在《あ》ること二日かな**　**川崎展宏《てんこう》**

（『義仲』所収）

楓の紅葉の名所の多い京都は初夏、楓の若葉が美しい。楓の葉は五裂六裂していて、その若葉はどの樹木の若葉よりも細やかな感じがする。昔からその繊細な趣をたたえて若楓と呼ばれてきた。一泊二日の旅なのだろう。「二日かな」に名残を惜しむ思いがこめられている。夏が進むと若楓はやがて青楓に変わる。

**水晶の念珠に映る若葉かな**　**川端茅舎《ぼうしゃ》**

（『川端茅舎句集』所収）

水晶の数珠《じゅず》の珠一つ一つに四方八方の木々の若葉が映っている。澄みきった水晶の珠は若葉を孕《はら》んで明るく輝いている。仏典には小さな塵《ちり》のなかに広大な宇宙が広がっていると記してある。逆に宇宙も一粒の塵に過ぎないとも教える。仏教の宇宙観をそのまま水晶の数珠にして表わしたかのような句作り。

**ざぶざぶと白壁洗ふ若葉哉《かな》**　一茶《いっさ》

（『七番日記』所収）

白壁の白と若葉の緑が互いに相手を照らしあって輝くばかりに美しい。土蔵だろうか、若葉が白壁に波のように寄せては返す。「洗ふ」という言葉は風にもまれる若葉の動きを描き出すとともに、若葉を清浄なものとして浮かび上がらせる。「ざぶざぶと」がさながら水のよう。

**おちこちに瀧《たき》の音聞く若葉かな**　蕪《ぶ》村《そん》

（『新花摘』所収）

新緑の山路を歩いてゆくと、遠く近く瀧の音が響いてくる。冬枯れの時期なら瀧が見えるが、今は若葉の奥から水が崖《がけ》を下り岩を打つ音が聞こえるだけ。あたりを埋め尽くす若葉の深々とした量感がありありと感じられる句だ。姿なき瀧の声に誘われて山路をたどってゆく。

# 紫陽花 Ⅰ

あぢさゐのどの花となく雫かな　岩井英雅《えいが》

日本は雨の国である。雨量からみれば、熱帯雨林のような、もっと大量の雨を浴びている国があるかもしれないが、雨への思いの深さにおいて、この島国の右に出る国はないだろう。

ここでは古くから雨を季節によって、降り方によって細かに呼び分けてきた。春雨《はるさめ》と春の雨。春の雨とは春に降る雨をひっくるめていうのであるが、春雨は細やかに降る春らしい雨にしか使わない。梅雨《つゆ》と五月雨《さみだれ》。梅雨は梅雨時という意味と梅雨時に降る雨という二つの意味があるが、五月雨となるといつ果てるともなく降り続く雨が思い浮かぶ。改めて

紫陽花

額紫陽花

説明するとなると困るが、この国の人なら直感で使い分けられる。

花菖蒲《はなしょうぶ》、柚子《ゆず》の花、柿の花、楝《おうち》の花、また、梔子《くちなし》の花。梅雨時の花はどれも雨に濡れた姿がもっとも風情がある。紫陽花もその一つ。水のような空気に染み入るような藍《あい》色も、土砂降りの雨に打たれて弾む花の毬《まり》もいい。

今、雨が上がったばかりである。紫陽花の花がたっぷりと含んだ雨水を滴らせている。紫に染まった大きな毬からはぽたぽたと速く、薄い色の小さな毬からはぽたりぽたりとゆっくりと雫《しずく》が落ちる。花の雫の奏でるリズムが何やら楽しげによみがえる。（『東籬』所収）

**紫陽花のいろなき水をしたゝらす　川崎展宏《てんこう》**（『観音』所収）

紫陽花から雨水がしたたる。水は無色透明。紫陽花の花に溜まりながら花の色に染まることもない。それを「いろなき水」といった。秋風を「色なき風」ともいう。色がないゆえにひとしお寂しさが身に染みとおるように感じられる秋風。句は、色がなく寂しいのは秋風ばかりではないといっている。

**紫陽花や白よりいでし浅みどり　渡辺水巴《すいは》**（『水巴句集』所収）

紫陽花の花はまだほんの莟《つぼみ》のうちは白。四枚の花びらが開き、毬全体がふくらむにつれて薄緑に染まる。「いでし（出でし）」は「青は藍より出でて」の「出でて」と同じく、生まれてという意味。白が浅緑にただ変わるというのではなく、白から浅緑が生まれたといった。花を一つの命としてみている。

**紫陽花や帷巾時の薄浅黄　芭蕉**（『陸奥衛』所収）

旧暦五月五日の端午《たんご》から九月一日までは一重《ひとえ》（帷巾《かたびら》）を着る慣わしだった。そして、端午には浅黄《あさぎ》、七夕《たなばた》と八朔《はっさく》（八月一日）には白の帷巾と決まっていた。芭蕉の句、端午を迎えて人は浅黄の帷巾をまとい、紫陽花はまだ薄い浅黄。浅黄は水色よりは濃い藍。浅葱とも書く。万緑のなか、浅黄の衣と花が涼しげ。

**紫陽花のあさぎのままの月夜かな**　**鈴木花蓑《はなみの》**

（『ホトトギス雑詠選集』所収）

月の光のもとで眺める紫陽花である。「あさぎのままの」とはまだ濃い藍色に染まらずにということ。濃緑の葉は夜の闇に溶け入り、薄い藍色の花の毬が梅雨の満月の光を浴びてほの白く浮かんでいる。この句も芭蕉の句同様、花の初めの浅黄色に涼味を感じとっている。

**紫陽花やはなだにかはるきのふけふ**　**正岡子規**

（『子規全集』所収）

「はなだ」とは澄んだ淡い青い色のことである。藍よりは薄く浅黄よりは濃い。漢字では「縹」と書く。子規がここで描くのは浅緑から次第に藍に変わりつつある紫陽花。昨日今日変わったとあるから、まだ縹色に染まったばかりなのだろう。紫陽花はこのころからようやく見ごろ。

# 紫陽花 Ⅱ

**花二つ紫陽花《あじさい》青き月夜かな　　泉鏡花《きょうか》**

梅雨《つゆ》の月という季語がある。

さみだれやある夜ひそかに松の月　　蓼太《りょうた》

梅雨の間は長雨が降り続く。夜、月が出ていようなどとは思ってもいない。ところが、厠《かわや》へゆこうとでもしたのだろう、廊下に出ると庭が明るい。見上げると松の梢《こずえ》の彼方《かなた》、黒雲のかげからまどかな月が現われて濡《ぬ》れたような光を投げかけている。

「ある夜ひそかに」には、雲に隠れているはずの月がわが家の松の上に人知れずひっそり

蝦夷紫陽花

紫陽花

とかかっているのを見つけた嬉しさがこめられている。王朝の昔、恋人の寝所にお忍びで訪れただれそれの面影が重ねられているだろう。

鏡花の句も梅雨の月夜である。雨上がりの庭の隅で紫陽花の花の毬《まり》が二つ、青い月光を浴びている。「花二つ」とあるが、花が二つしかなかったのではない。

そっと寄り添っているかにみえる二つの花に鏡花は目をとめた。二つの花は生涯の師である尾崎紅葉《おざきこうよう》の反対を押し切って一緒になった神楽坂《かぐらざか》の芸妓《げいぎ》桃太郎と鏡花のようでもある。

（『鏡花全集』所収）

**紫陽花や藪《やぶ》を小庭の別座鋪《べつざしき》**　芭蕉

（『別座鋪』所収）

元禄七年（一六九四）五月上旬のある日、上方《かみがた》へ旅立つ芭蕉の餞別《せんべつ》句会が江戸深川の弟子子珊《しさん》邸の離座敷で開かれた。そこでの発句。小庭に仕立てた藪に今しっとりと紫陽花の花が咲いている。子珊の付句は「よき雨間に作る茶俵」。この数日の後、芭蕉は上方へ旅立ち、ふたたび江戸の土を踏むことはなかった。

**紫陽花や澄み切つてある淵《ふち》の上**　蒼虬《そうきゅう》

（『蒼虬翁句集』所収）

お堀だろうか。岸辺から伸びた紫陽花の枝が花の重みで水の上にたわんでいる。「澄み切つてある淵」とは、深い淵であるけれども底の方まで澄んでいるのである。雨が溜《た》まっているかのように薄青く澄んだ分厚い水の層。その水面に触れんばかりにして紫陽花の花が咲いている。蒼虬は幕末天保《てんぽう》の三大家の一人。

**雨つけしまゝ剪《き》らせたる額《がく》の花**　川崎展宏《てんこう》

（『観音』所収）

雨の上がった庭の額の花を切ってもらう。気をきかせて雨粒を振り切ったりしないよう、そのまま、そのまま。雨粒がついたまま、雨上がりの風情を部屋で楽しみたいのだ。紫陽花の毬は花びらが埋め尽くしているが、額の花は細かな花を花びらのある花が縁どっている。紫陽花はにぎやか、額の花は静か。

**紫陽花に秋冷《しゅうれい》いたる信濃《しなの》かな**　**杉田久女《ひさじょ》**

（『杉田久女句集』所収）

山国信濃では紫陽花の咲くころ、早くも秋冷を覚えると、この句はいっている。紫陽花は仲夏《ちゅうか》六月、秋冷は初秋八月の季語。平地なら二か月ずれるものが時を同じくしている。紫陽花の咲くのが遅く、秋の訪れが早い。秋冷を帯びる紫陽花の藍《あい》。梅雨時の紫陽花とはまた別の趣。

**あぢさゐの藍をつくして了《おわ》りけり**　**安住敦《あずみあつし》**

（『歴日抄』所収）

「藍をつくして」とは藍のもつさまざまな色合い、深みをすべてみせてということ。紫陽花の花の色は白から始まって藍に染まり、藍を深めつつ紫を帯び、やがて紫の赤が勝って終わる。この色の移ろいこそ紫陽花の花のあわれというものだろう。そして、枯れ尽きた後も藍のおもかげが残る。

# 杜若

**杜若《かきつばた》べたりと鳶《とび》の垂れてける　蕪村**

近江八幡《おうみはちまん》であったか、水郷めぐりの舟に乗っていて、杜若の群生に出くわしたことがある。青芦の間の細い水路が開けたかと思うと、杜若の花が向こう岸の水の上に紫の帯のように咲き連なっている。舟を近寄せると、舟の波で紫の花が次々に揺れる。波が抜けると杜若の花はふたたび静まる。

静まった花の姿を黄金のしじまの上に写しとったのが尾形光琳《おがたこうりん》の六曲一双の「燕子花図《かきつばたず》屏風《びょうぶ》」である。東京南青山の根津《ねづ》美術館にある実物を見ると、花の紺青《こんじょう》や葉の緑青《ろくしょう》が金箔《きんぱく》地の上に盛り上がっている。

杜若

杜若

屏風が描かれたのは一七〇〇年ごろ。蕪村の句が詠《よ》まれたのはその約九十年後の初夏のある日。前もって出されていた「杜若」という題で詠んだ句である。

蕪村は画家だが南画家《なんがか》であったから鉱物性の岩絵の具は使わなかった。しかし、この句は明らかに言葉の岩絵の具を塗り重ねた言葉の障壁画《しょうへきが》だろう。「べたりと鳶の垂れてける」。黄土《おうど》や辰砂《しんしゃ》や紺青や――金箔の上に盛り上がる極彩の岩絵の具が思い浮かぶ。そして、光琳の「燕子花図屛風」にべたりとへばりつく鳶の糞《ふん》の絢爛《けんらん》たる幻が心をよぎる。

（『蕪村句集』所収）

朝々の葉の働きや杜若　去来《きよらい》

（『旅袋』所収）

「葉の働き」とは葉の動き。朝風に杜若の葉がそよいでいるのだろう。ただ、「動き」といわず「働き」というと生きて動いている感じがする。高速度撮影を知っている現代人にはぐんぐんと伸びる杜若の葉が目に浮かぶかもしれない。杜若の花の美しさは葉の美しさでもあることをよく知っている人の句である。

天上も淋しからんに燕子花　鈴木六林男《むりお》

（『国境』所収）

水の上に咲く杜若の花を眺めて、天上の淋《さび》しい光景を空想しているのである。「淋しからんに」とは「淋しかろうに」。どことはなしに先立った人を偲《しの》ぶ風情がある。君のいる天上も淋しかろうが、地上に残された我らも淋しい。その天上と地上、かの世とこの世の境界の水域に杜若の花が咲いている。

雨つぶの雲より落つる燕子花　飴山實《あめやまみのる》

（『辛酉小雪』所収）

黒雲のなかで生まれた大きな雨粒が杜若の花をめがけて真直ぐに落ちてくる。水気を含んだ大気のなかをスローモーション映像のようにゆっくりと落ち続ける雨粒。雨粒が落下するにつれて雨雲の墨から杜若の紫へと刻々と変化する色彩。天空と地上の果てしない隔たりをやすやすと一句のなかに凝縮している。

**水に足浸《つ》けてやすらふ杜若**　**岩井英雅《えいが》**（『東籬』所収）

歩きつかれた足を杜若の咲く水の流れにつけて水の冷たい感触を楽しんでいる。いい季節になったといっているのだ。水も日の光を受けてきらきらと輝いている。子どものころの思い出から浮かび上がった光景だろうか。水も人も杜若も安らかな光に包まれている。

**よりそひて静かなるかなかきつばた**　**高浜虚子《きよし》**（「ホトトギス」掲載）

二本の杜若がそっと寄り添ったまま時間がしばし止まってしまったかのようだ。紫の花と紫の花。ここで描かれているのはたしかに杜若であるが、「よりそひて」しかも「静かなるかな」とあると、おのずから二つの花に二人の人の姿が重なる。この句、恋の気配あり。

# 花菖蒲

花菖蒲どんどん剪《き》ってくれにけり　石田郷子《きょうこ》

花菖蒲

「そろそろ失礼いたします」
「ちょっと待ってください」
そういうが早いか、家の主は廊下から庭に降り立つと、水辺の花菖蒲を切りはじめた。長々と池を横たえた広い庭である。二三日もすれば梅雨というころの曇り空が真珠のような光で紫や白の花菖蒲を照らしている。
主人はみごとに咲ききった花はよけて、緑の苞《つと》から花の色がほんの少しのぞいている莟《つぼみ》や花びらが一二枚ほぐれかかった花を選んで次々に切ってゆく。たちまち左の手には花菖

花菖蒲

蒲の花束ができあがった。

五七五。十七音しかない俳句はその内部に「切れ」をもつことによって、多くの言葉を費やするどんな文芸よりも雄弁になることができた。すなわち「切れ」は俳句の命。

では、「切れ」とは何かといえば、ふわりと飛んで初めとは違う場所に着地すること。いうのはたやすいが、ふわりと飛ぶからには爽やかな、思い切りのよさが肝要である。

花菖蒲は切るのが惜しまれる花である。それをこの若い作者は惜しげもなく、どんどん切らせた。この思い切りによって花菖蒲はいよいよ豪《ごう》の花に生まれ変わった。

（『石田郷子作品集』所収）

**花菖蒲蕾《つぼみ》するどき一抱へ**　**川崎展宏《てんこう》**　（『秋』所収）

花菖蒲は開いてしまえば、ロココの宮廷に咲き乱れた女性たちのドレスのように複雑で厄介《やっかい》な構造をした花である。ところが、蕾となると、一振りの剣のように単純で潔い形をしている。花と蕾とまさに好対照。句はその蕾ばかりを束ねたところ。先のとがった葉の間に先のとがった蕾が弾んで揺れている。

**花菖蒲ただしく水にうつりけり**　**久保田万太郎**　（『流寓抄』所収）

池のほとりに咲き誇る花菖蒲を池のこちら側から眺めているのだろう。風が吹いたり鯉や亀が泳ぎ寄ったりするとさざ波が立って、花の色も葉の色も散り散りに乱れてしまうのだが、ときどき水面がしんと静まる瞬間があって、花菖蒲の花の姿がくっきりと暗い水の底深く結ばれる。それが句の「ただしく」。

**片隅にあやめ咲きたる門田かな**　**正岡子規**　（『子規全集』所収）

あやめは狭い意味では花あやめをさすが、広くは花菖蒲や杜若《かきつばた》も含む。花菖蒲はあやめの一種ノハナショウブの改良品種である。さらに昔は端午の節句の菖蒲もあやめといった。

サトイモ科の水生植物で花菖蒲とは無縁。花あやめは水辺ではなく乾いた土地に生えるから、田に咲いている子規の句の「あやめ」は杜若だろう。

**なつかしきあやめの水の行方かな**　**高浜虚子《きよし》**（「ホトトギス」掲載）

水辺に茂るあやめの群落を潤《うるお》した水がはるか彼方へと流れてゆく。「なつかしき」とはあやめの花ではなく花に触れた水の行方。どこまで流れてゆくのかという水への問いかけ。舟を漕《こ》いで流れをたどるかのようなゆったりとした調べがある。この「あやめ」も杜若。

**ひとくきの白あやめなりいさぎよき**　**日野草城《そうじよう》**（『花氷』所収）

一本の白いあやめを「ひとくきの」といった。漢字なら「一茎の」。「一本の」「ひとつの」というとただの説明だが、「ひとくきの」といえば、すらりと伸びたあやめの長い茎が目に浮かぶ。すなわち、あやめの肉感をとらえている。その茎の先端の白いあやめの花。

# 蓮

**蓮の香や水をはなるる茎二寸　　蕪村**

滑らかな茎が水のなかからすうっと立ち上がり、その先端に形のいい花をふわりと乗せている。みごとなバランス。薄紅であれ純白であれ、花びらはうっすらと汗ばみ、全宇宙をすべての花びらで感受しようとするかのようにしんと静かに開いている。

蓮は肉感的な花である。しかし、淫《みだ》らではない。肉感的でありながら清らか。仏教の僧侶たちは仏の宇宙を象徴する聖なる花として尊んだ。古代中国の詩人たちは泥中にありながら穢《けが》れなきこの花を君子の花としてたたえた。はるか昔から蓮の花が人々を魅了してやまないのは清らかさの奥に秘める肉感のゆえだろう。

睡蓮

蓮

蓮の花は咲き初めると涼しげな香りを放つ。

蓮《はちす》咲くあたりの風もかをりあひて心の水を澄ます池かな　藤原定家《ていか》

蕪村の句。蓮の花の茎が水を出て二寸ほどになった。睡蓮ではあるまいし、水面から二寸離れたところで花が開くわけでもなければ、まして香りが漂うのでもない。しかし、小さな蕾《つぼみ》のうちから早くも清らかな香りするかのようというのである。心で嗅《か》ぎとった香りである。

（『蕪村句集』所収）

**蓮剪《き》って畳の上に横倒し**　**村上鬼城《きじょう》**

（『定本鬼城句集』所収）

蓮の花を長々と切って畳の上に横たえた。これから水盤か甕《かめ》にいけようというのだろう。「横倒し」とは塔や木や柱のように長く太いものを倒して横にすることである。蓮の花のようにほっそりとしたものには使わない。そこをあえて使うことによって、蓮の花のみごとさや茎の長さを表わした。堂々と畳に横たわる蓮の花。

**かくれ咲くひとつの蓮や稲の花**　**水原秋櫻子《しゅうおうし》**

（『残鐘』所収）

田んぼの稲に混じって蓮の花がひとつ隠れるように咲いている。まずこの画面が美しい。薄緑の細かな稲の花。そのなかに沈んで咲くおおらかな薄紅の花。隣の蓮田か水路から蓮根が畦《あぜ》を潜《もぐ》って紛れこんだのだろう。それともこの稲田、先ごろまで蓮田であったか。となると、とり残された蓮根から生え出た一輪の忘れ形見。

**蓮の中あやつりなやむ棹見ゆる**　**軽部《かるべ》烏《う》頭子《とうし》**

（『樝子の花』所収）

夏の朝早く蓮の花が開くのを涼みがてら眺めにゆくのが蓮見である。かつて江戸市中には不忍池《しのばずのいけ》や赤坂溜池《あかさかためいけ》など蓮の名所がいくつかあって、小暑《しょうしょ》（太陽暦七月七日ごろ）を過ぎるころから蓮見客で賑《にぎ》わった。句は蓮見舟を出したのはいいが、高々と茂る葉や水中の茎に長い棹《さお》が引っかかって思うに任せぬところ。

**蓮の茎散り方《がた》の花を支へたる**　**滝井孝作**

（『浮寝鳥』所収）

花びらが開ききって次の瞬間には散り果ててしまいそうな蓮の花を茎がゆらりと支えている。古代中国では蓮を部位によって細かく呼び分けた。まず蓮根は藕《ぐう》。藕から出た柔らかな白い芽は蔤《みつ》。葉は荷《か》。実は蓮《れん》。そして、花は芙蓉《ふよう》とも荷花とも蓮花ともいった。

**葩《はなびら》を葉におく風の蓮《はちす》かな**　**暁台《きようたい》**

（『暁台句集』所収）

やがて散ってしまった蓮の花びらが一二片、葉のくぼみに乗っている。花びらが落ちた後の茎の先にはすでに受粉してふくらみはじめた雌蕊《めしべ》が天を向いて立っている。風が吹くたびに葉も葉の上の花びらも茎の先の雌蕊も揺れる。無事、役を終えた花のやすらかな最後。

# 百合

**あかつきの白百合ばかり揺れてをり　中川宋淵《そうえん》**

夏の夜は明け急ぐ。王朝の昔の恋人たちは、暮れたと思ったらたちまち明ける、さらに暮れるより早く明けるといって夏の短い一夜の逢瀬《おうせ》を惜しんだ。

春分を過ぎると、夜よりも昼が次第に長くなりはじめ、夏至には最も長くなる。この過程を古人は春のうちは日永《ひなが》、暮遅しと長まりゆく昼を喜び、立夏を過ぎると短夜《みじかよ》、明け易しと短くなりゆく夜を嘆いた。夏の間、夜は暑い日中と違って涼しく過ごしやすいからである。

小鬼百合

百合

明け易くなほ明け易くならむとす　谷野予志《たにのよし》

「なほ明け易《やす》く」とは夏至に向かって一夜一夜、夜が短くなる感じである。そして、ついにこれ以上短くはなりようがないところまで夜が縮んでゆく。

さて、宋淵の句、早くも明けはじめた夏の夜、白い百合の花がいくつも風に揺れている。夜の闇のなかで色を失っていた草木は緑を取り戻し、空も明るみながら青みを増してくる。

この白百合は畑の鉄砲百合であるよりは、草原の野生の百合の方がいい。夏の夜明けの薄明に浮かぶ百合の白が短夜の色そのものである。（「雲母」掲載）

**くもの糸一すぢよぎる百合の前**　**高野素十《すじゅう》**　（『初鴉』所収）

白い百合の花の前をひとすじ、蜘蛛《くも》の糸が横切っている。どこから、どこへ。始まりも終わりも不明。ただ百合の花の前だけその糸が見える。素十には「桔梗《きちこう》の花の中よりくもの糸」という句もある。これも「桔梗の花の中」というだけで始点が定かに見えているわけではない。どちらも妖しい蜘蛛の糸である。

**百合買うて朝の花屋を立ち出づる**　**日野草城《そうじょう》**　（『花氷』所収）

夏のある朝、百合の花を買って花屋から出てゆく人。描かれているのはそれだけのことである。スナップでさえない、偶然、写っていた写真のようなもの。ただその花が百合であり、時が朝であることによって、洗い立ての白麻のテーブルクロスにつけた折り目のような、すきっとした気分の句になった。

**すぐひらく百合のつぼみをうとみけり**　**安住敦《あずみあつし》**　（『古暦』所収）

百合の蕾《つぼみ》は、とがったその先端が割れて花開く。桜のように今か今かと待たれるのでもなく、牡丹《ぼたん》のように重なり合った絹のような花びらが少しずつ緩んでゆくのでもない。あっけなく割れて、あっけなく開いてしまう。そこに底の浅さを感じたのだろう。それが「うと（疎）みけり」。百合の花に罪科《つみとが》はなけれど。

**鬼百合の鬼々《おにおに》しきを生けて厭く**　**相生垣瓜人《あいおいがきかじん》**

（「海坂」掲載）

「鬼々しき」とは鬼のようだ、優しさがないという意味の言葉である。鬼百合の花を活けてみたのはいいけれども、花の鬼々しさがもういやになっている。これが「厭《あ》く」。鬼百合は大輪の朱色の百合である。花びらの内側には豹《ひょう》のような焦げ茶色の斑点がある。

**百合の蘂こてふの髭《ひげ》と成《なり》にけん**　**松瀬青々《まつせせいせい》**

（『再版 妻木』所収）

「百合の花、蝶《ちょう》と化す」という言葉がある。昔、蝶は百合の花の変じたものと考えられていたらしい。草か何かにぶら下がって羽を羽ばたいている蝶の姿が百合の花に似ているのでそういったのだろう。句は、蝶がもとは百合の花だったのなら、あの髭《ひげ》は百合の蘂《しべ》にちがいないとおどけた。

# 向日葵

**海の音にひまはり黒き瞳《め》をひらく　木下夕爾《ゆうじ》**

向日葵《ひまわり》が花びらに包まれた黒い瞳を開こうとしている。いつの間にか深い眠りに落ちてどれだけの時間が流れたのだろうか。その眠りの底ではるか彼方から聞こえてきた波の轟《とどろ》きに目を覚ましたというように。まぶしげに、うつむけていた面《おもて》を少し上げて。

海辺の村の青空に高々とそびえる向日葵を見上げたとき、その花はたしかに今、午睡《ごすい》から覚めて長いまつげを上げようとしている若い女のようにみえた。あるいは誰かが描いた大きな一つの目をもつ巨人のようだった。とはいえ向日葵の美貌が失われるわけではない。

木下夕爾は大正三年（一九一四）、広島県福山に生まれた。目の前には瀬戸内海の青い

向日葵

向日葵

海原が広がっていた。夕爾はこの町で少年時代を送り、家業の薬局を営みながら詩や俳句を作りつづけた。昭和四十年（一九六五）八月四日、海辺に向日葵が咲く季節に五十歳で亡くなった。
　夕爾は海のほとりに立つ向日葵を子どものときから幾度、見ただろうか。向日葵の花はあの日からずっと、過ぎ去ってゆく偉大な夏を惜しむかのように記憶のなかの海のほとりにたたずんでいる。海の響きを聞きながら、黒い瞳をうつむけたまま。

（『遠雷』所収）

**向日葵の空かがやけり波の群**　**水原秋櫻子《しゅうおうし》**（『岩礁』所収）

夏は雲の美しい季節である。モンスーン地帯にある日本列島には夏、太平洋から吹き寄せる南風によって白い雲が次々に生まれる。秋櫻子の句、青空には白い雲が流れ、海原には白い波が騒いでいる。そのただなかにしんと立つ向日葵の花。油絵の具の一筆一筆が躍動する梅原龍三郎《うめはらりゅうざぶろう》の絵のような向日葵の世界。

**向日葵に剣の如きレールかな**　**松本たかし**（『松本たかし句集』所収）

向日葵の花の下を夏の太陽に灼《や》かれて二本のレールが走っている。レールの表面は列車が通るたびに鉄の車輪で砥《と》がれてまるで剣のようであり、それが太陽の光に濡れている。日本の夏の忘れがたい光景。線路に盛り上げた砕石《さいせき》からたちのぼる真夏の陽炎《かげろう》に丈高い向日葵も剣のようなレールもしたたかに揺れている。

**日車や金の油をしぼるべく**　**野村喜舟《きしゅう》**（『小石川』所収）

向日葵を日車《ひぐるま》、太陽の車輪とも呼ぶのは、花びらを広げた向日葵の花が太陽のようでもあり、また車輪のようにもみえるからである。その花が実を結ぶと、実から油を搾る。これがヒマワリ油である。「日車や」ときて「金の油を」と続ければ、回転する大きな歯車から太陽の金の油が滴り落ちてくるような印象が生まれる。

**黒みつつ充実しつつ向日葵立つ**　**西東三鬼《さいとうさんき》**（『変身』所収）

向日葵の花は無数の花の集まりである。その一つ一つの花が受粉を終えるとやがて種子を結び、種子は花の中央に蜂の巣状の集落をつくる。熟れた種子は巣からはずれて大地に落ちる。「黒みつつ充実しつつ」とは、花の命は終えつつ成熟へと向かう向日葵の姿。

**向日葵の一《いっ》茎《けい》一《いっ》花《か》咲きとほす**　**津田清子**（『礼拝』所収）

一つの茎に一つの花。「咲きとほす」とは向日葵の花が夏の間、ずっと咲き続けたというのではなく、向日葵がその花の命を全うしたこと、無事に咲きおおせたことをほめたたえている。この二つ、同じようで違う。長い人生と充実した人生の違いでもある。

# 百日紅

**さるすべり美しかりし與謝《よさ》郡《ごおり》　森澄雄**

與謝《よさ》は古い地名である。丹後《たんご》の国（京都府北部）の、天橋立《あまのはしだて》のある宮津湾《みやづわん》を取り囲む一帯が昔からこの名で呼ばれてきた。京の都から眺めれば、酒呑童子《しゅてんどうじ》の根城として恐れられた大江山《おおえやま》のはるか彼方の土地であった。

大江山いく野の道の遠ければまだふみも見ず天橋立　小式部内侍《こしきぶのないし》

和泉式部《いずみしきぶ》が宮津にいた時分のこと、愛娘の小式部内侍がほんの少女の身で宮中の歌合せに召されたと聞いたさる公卿《くぎょう》が「母上のもとへもう使いを出して歌を詠《よ》んでもらいました

百日紅

百日紅

か」とからかったとき、その袖《そで》を引き止めてこの歌を即座に詠んでみせた。

さて、句はどこか哀《かな》しみを帯びた青空を背景にして咲く百日紅の花を浮かび上がらせる。いつか與謝を旅した思い出だろうか。「サルスベリウツクシカリシヨサゴホリ」。百日紅の泡のような花が風に揺れてさらさらと音を立てたかのような句の調べがいつまでも心に残る。

そういえば蕪村《ぶそん》の母も與謝の人であったともいう。この句のまわりにかの地にまつわるさまざまなおもかげが浮かんでは消える。


（『游方』所収）

百日紅涼しき木かげつくりけり　高橋淡路女《あわじじょ》

（「雲母」掲載）

鎌倉の鏑木清方《かぶらぎきよかた》記念美術館にある『朝夕安居《ちょうせきあんご》』という絵を眺めると、巻物のような紙に清方が子どものころにみた東京の下町の夏の一日が描かれている。そのなかほどに、枝を張る百日紅の木陰で風鈴売が荷を下ろして一服している図がある。屋根代わりの葭簀《よしず》のかげで色とりどりのガラス風鈴が涼しい音を立てている。

女来《おんなく》と帯纏《ま》き出づる百日紅　石田波郷《はきょう》

（『風切』所収）

裸同然で本でも読んでいたのだろう、突然、女性の来客。あわてて着物の前を合わせ、帯を巻いて玄関に出る。昭和十四年の作。波郷は二十七歳、東京で気ままな独身生活を送っていた。当然、女の客も若い。暑い日だったにちがいないが、句がさらりとして清涼であるのは言葉のみずみずしさと百日紅のゆえ。

百日紅ごくごく水を呑むばかり　石田波郷

（『鶴の眼』所収）

炎天下を歩きながらあまりの暑さに水ばかりごくごく飲んでいる。飲みこむたびに喉《のど》仏《ぼとけ》が大きく動く。何かを貪欲《どんよく》に追い求めているような、有無をいわせぬ若い命の力があふれている。「女来と」の句の前年昭和十三年の作。いずれ劣らぬ名句である。炎天に涼しげに咲く百日紅の花とよほど肌が合ったのだろう。

**百日紅われら初老のさわやかに**　**三橋鷹女《たかじよ》**　（『白骨』所収）

「爽《さわ》やかな若者」とはいうが、「爽やかな老人」とはあまりきかない。しかし、老人が爽やかであっても一向におかしくはない。鷹女はそう思った。この句には初老の爽やかさをみつけた発想の爽やかさがある。初老といえば昔は四十歳だったが、今なら六十歳だろうか。

**寺もまたいくさにほろぶ百日紅**　**石田勝彦**　（『雙杵』所収）

戦争で焼かれ、今は何も残っていない寺の跡で百日紅が花を咲かせている。歴史を顧みれば、多くの寺院が戦《いくさ》で焼かれた。そのまま消滅した寺もある。形あるものに不滅のものなどありはしない。百日紅の花がそうささやいているかのようでもある。作者は石田波郷の愛弟子。

# 朝顔

**朝皃《あさがお》ヤ絵ノ具ニジンデ絵ヲ成サズ　正岡子規**

『仰臥漫録《ぎょうがまんろく》』は子規最晩年の日記である。日記であるから人に見せるものではない。そこに子規はその日その日の心に浮かぶよしなしごとを何の気兼ねもなく書きつづった。メモあり、母や妹への愚痴あり、食事の記録あり、草花の素描あり。

長らく行方知れずになっていたが、二〇〇一年暮、東京根岸《ねぎし》の子規庵の倉庫で発見された。今は芦屋《あしや》の虚子記念文学館に保管されているこの原本を、二〇〇二年秋、じかに見る機会があった。土佐紙の半紙を二つに折って綴じたものが二冊。角がめくれて折れているのは、家人や客に見られないように布団の下に隠したり出したりしたからという。

朝顔

朝顔

その『仰臥漫録』の明治三十四年（一九〇一）九月十三日を開くと、紙の真んなかに蔓と葉をつけて切った一輪の臙脂《えんじ》の朝顔を描き、まわりに俳句が四句、漢字カタカナ混じりで記してある。この句はその一つである。

絵の具がにじんで絵にならない。それだけのことなのだが、みずみずしい朝顔の姿をとらえて余すところがない。三十五歳で亡くなる一年前の句である。

この日の朝食は「ぬく飯三碗　佃煮　梅干　牛乳五勺紅茶入　菓子パン二つ」。泣き濡れているような朝顔である。

（『仰臥漫録』所収）

**蕣《あさがほ》は下手のかくさへ哀也《あはれなり》**　芭蕉

（『いつを昔』所収）

「嵐雪《らんせつ》がゑがきしに、さん（讃）のぞみければ」と前書がある。嵐雪の絵に添えた画讃の句である。朝顔の花は君のような下手が描いても風情がある。そういいながら嵐雪の朝顔の絵をたたえる。その人を下手と呼んで戯れているところ、屈託のない間柄がうかがえて楽しい。服部嵐雪は芭蕉の古くからの門弟。

**朝がほの宿といふほど咲きにけり**　月平

（『雪つくし』所収）

わが庭の棚に這《は》わせた朝顔が今朝は一段とたくさん花を咲かせた。朝顔の宿と呼ばれそうなほどである。古くから花の宿、月の宿、露の宿、鮎《あゆ》の宿などという呼び方がある。それにならって朝顔の宿といったのである。朝顔は一朝だけのはかない花、宿もまた仮の宿というようにはかなさを秘めた言葉である。

**朝顔や垣にからまる風の色**　角田竹冷《つのだちくれい》

（『竹冷句鈔』所収）

風が垣根にからまっているのではない。朝顔が垣にからまって花を咲かせている。その朝顔の花の色をさながら風の色のようだといった。「朝顔や」と切り込んで、「垣にからまる風の色」と切り返す。一読、垣を這う朝顔の、さっと吹き過ぎていった秋風に揺れる花が目に浮かぶ。花の色は藍《あい》以外、考えられない。

**身を裂いて咲く朝顔のありにけり**　**能村登四郎**《のむらとしろう》　（『寒九』所収）

原石鼎《はらせきてい》に「朝顔の裂けてゆゆしや濃紫」という一句がある。みごとな濃紫《こむらさき》の朝顔の花びらが惜しいことに破れてしまっているという句である。対するに登四郎の句は破れてしまったのではなく、一輪の朝顔がみずから花びらを裂いて開いたとみた。はかないながら激しい花の命。

**朝がほや一輪深き淵の色**　**蕪村**　（『蕪村句集』所収）

朝顔は梅雨明けから咲きはじめるが、古くから初秋八月（旧暦七月）の季語としてきた。この花のはかない姿が秋のあはれにふさわしいとみての取り立てである。蕪村の句、深淵を思わせる、おそらく濃紺の朝顔だろう。この色も初秋の朝にふさわしい色である。

# 芙蓉

**花びらのゆるき力の芙蓉かな**　**下田実花**《しもだじつか》

北鎌倉にある東慶寺《とうけいじ》本堂の縁側に昔から芙蓉の古木があって、お盆を過ぎるころから白い花を次々に咲かせる。芙蓉の葉は桐の葉に似た長閑《のどか》な形であるうえに明るい緑なので、ふわりと開いたあの白い花がよく合う。

芙蓉の花は朝に開いて夕べには萎《しぼ》む。わずか一日のはかない命の花である。莟《つぼみ》のうちは花びらがゆるやかにねじれるように莟《つぼ》んでいて、その花びらのねじれがもとに戻るようにして花が開く。

力、と聞いて思い浮かぶのは重いものを持ち上げる力、人や組織を動かす力、難しい問

芙蓉

芙蓉

題を片づける力。どれも動かしがたいものを動かすことである。こうした力が芙蓉の花びらにあるかと問われれば、ないと答えるしかない。

　では「花びらのゆるき力」とはどんな力かといえば、剛なる力とはまるで異質な、たおやかな力だろう。句はその「ゆるき力」が芙蓉の花びらにうすうすとみえるというのである。

　作者の下田実花は新橋の芸妓《げいぎ》であった。芙蓉の花びらには莟のときのねじれが子どもの髪についた寝癖のように残っていて、気をつけて眺めると、あの花もこの花もゆるやかな渦を巻いているようにみえる。

（『杏の実』所収）

**ゆめにみしひとのおとろへ芙蓉咲く**　**久保田万太郎《まんたろう》**

（『これやこの』所収）

今朝方の夢に女人が現われ、いたく悩ましげに、もしかすると病ででもあるかのように見えた。作者は夢中の女人の面影を思い浮かべながら、ひとり縁側にたたずんで芙蓉の花をぼんやりと眺めている。女人はかねて作者が気にかけている人かもしれない。その面影が目の前の芙蓉の花に重なったりまた離れたりする。

**芙蓉咲きすなはち朝の風を享《う》く**　**長谷川浪々子《ろうろうし》**

（「若葉」掲載）

みずみずしい芙蓉の花びらが、みずみずしい朝風に吹かれている。芙蓉は毎年春になると、去年のうちに枝を刈り払った株から新しい緑の枝を続々と伸ばす。どれも長い若枝であるから風に大きく揺れる。わずか一日の命しか許されていない芙蓉の花がこの世に咲き出て初めて浴びる朝風。最後の朝風でもある。

**枝ぶりの日ごとに替る芙蓉かな**　**芭蕉**

（『後れ馳』所収）

芙蓉は毎日、花の位置が替わるので枝振りが日に日に替わるかのように見える。動かないものを動くかのようにいった。実際は枝振りなど替わるはずはないので現代俳人なら

「替るごとき」とするところをただ「替る」と断じた。ここが古典俳諧の手ごわいところである。「画讃」と前書。さて何が描いてあったか。

**珊々と芙蓉のつぼみ月の寺　田村木国《もつこく》**
（『大月夜』所収）

「珊々《さんさん》と」とは身につけた玉が触れ合ってさやかな音をたてるさま。互いに触れ合って鳴り出すかのようにあまたの芙蓉の莟が月の光を浴びているというのである。芙蓉の莟がほの白く闇のなかに浮かび上がる。明日開く花への、さらには明日という日への思いがある。

**おもかげのうするる芙蓉ひらきけり　安住敦《あずみあつし》**
（『古暦』所収）

誰かの面影が薄れるにつれて芙蓉の花が開いたというのか。それとも、芙蓉の花が開くにつれて芙蓉の花の面影が薄れてしまったというのか。誰か人の面影であるとしても花のような人だろう。夜明けに目覚めて一人庭前の芙蓉を眺めているかのような風情がある。

# 萩

**しら露もこぼさぬ萩のうねり哉《かな》　芭蕉**

萩《はぎ》の枝が大きな株から湧《わ》き上がるように八方へ広がる。その萩の葉の一つ一つに玉のような露がのっている。折々かすかな風が立ち、萩の枝は露の玉をこぼさぬほどにゆるやかに揺れる。風に吹かれて今にも飛び散りそうな白露をこぼすまいとして揺れ動いているかのようでもある。

元禄六年（一六九三）初秋、芭蕉の江戸における高弟であり後援者でもあった杉風《さんぷう》の深川の別邸を訪ねた折の吟《ぎん》。杉風が書いた前書には、わが閑居の採荼《さいと》庵《あん》の垣根に萩を移し植えて、「初秋の風ほのかに、露置きわたしたる夕べ」とある。

薄

萩

萩の枝のうねりを詠《よ》んで句は萩の枝のようにしなやかにうねっている。「しら露も」、まずここまでで一つの弧《こ》を描く。つぎに、「こぼさぬ萩の」、ここではやや大きな弧を描いている。

細かくいえば、「こぼさぬ」で一つ、「萩の」で小さな弧をもう一つ。そして、「うねり哉」で最後の弧を描いて句は、萩の枝がうねりながら次第に細り、ついには虚空《こくう》のなかに消え入るように安らかに終息する。

芭蕉の言葉そのものがしなやかにうねる萩と化しているのだ。四百年前に詠まれ、いまだに誰ひとり超えたことのない萩の句である。

（『芭蕉庵小文庫』所収）

**萩咲かば鹿の代わりに寝に行かむ**　来山《らいざん》（『今宮草』所収）

咲き乱れる萩のかたわらで鹿が膝を折って休んでいる。萩の花が咲くころ、あの鹿のように萩のそばでうとうとしたら気持ちいいだろうなあ。昔は方々に里があり、里には萩山があって鹿や猿が遊んでいた。来山は芭蕉と同じころの大坂の人。町人気質《かたぎ》ののびのびとした句を詠んだ。ここでも来山先生の面目躍如。

**花少し散るより萩の盛りかな**　蒼虬《そうきゆう》（『蒼虬翁句集』所収）

萩は鞭《むち》のように長い枝の根もとに近いほうから順々に花をつける。したがって、桜のようにいっせいに咲きそろうことはなく、花盛りには早く咲いた花はもうこぼれはじめる。かつ咲きかつ散る。これこそ萩のあわれと、感覚を細やかにはたらかせて萩ならではの風情をとらえた。蒼虬は江戸時代後期、金沢の人。

**をりとりてはらりとおもきすすきかな**　飯田蛇笏《だこつ》（『山廬集』所収）

折るとはらりと手にもたれかかってくるあの感じは、薄《すすき》以外にはない。しかも、穂が出たばかりのしっとりと濡れているかのような薄である。初め「折りとりて……芒《すすき》かな」だったのを後にすべて平仮名に改めて、句はみずみずしい薄そのものに生まれ変わった。萩は芭蕉の萩、薄は蛇笏の薄に極まる。

**押分けて見れば水ある薄かな　北枝《ほくし》**

（『花のふるさと』所収）

たやすく押し分けられるのが薄という草である。押し分けてみると、そこには水があった。薄から水へのこの鮮やかな転換に、薄を吹き抜ける秋風のあっけなさを感じてもよいし、秋の水の冷やかさを感じてもよい。北枝は芭蕉の信頼篤《あつ》かった加賀小松《かがこまつ》の人。

**ちる芒寒くなるのが目にみゆる　一茶《いっさ》**

（『寂砂子集』所収）

「秋来《き》ぬと目にはさやかに見えねども風の音にぞおどろかれぬる」という古歌のとおり、秋の訪れは見えないが、冬の到来は薄の絮《わた》が風に乗って飛び去るのでわかる。秋はひっそりとやってくるのに、寒い冬はこれ見よがし。ええい、いまいましいという一茶のひとり言。

# 蕎麦

**蕎麦はまだ花でもてなす山路かな　芭蕉**

芭蕉はあるとき、「そば切《きり》と俳諧《はいかい》は都の土にあはぬ」ともらしたという。京都の俳人たちにはずいぶんな言いようである。いったい何があったか。ある本では、俳諧が京の土地に合わないのは蕎麦切の汁が甘いのをみてもわかるといったとも伝えている。

芭蕉が引き合いにした蕎麦切とは蕎麦粉をこねて薄くのばして細く切ったもので、今いうところの蕎麦である。それをなぜ蕎麦切というかといえば、蕎麦はもともと蕎麦掻《そばがき》にして食べていたので、ただ蕎麦といえば蕎麦掻をさしたからである。

蕎麦切を食べるようになったのは江戸時代に入ってからのことで、江戸ではこの蕎麦切

蕎麦

蕎麦

を辛味大根おろしで食べるのが流行った。俳諧と並べていることからも芭蕉が大の蕎麦好きであったことは疑いようがない。

さて、句は芭蕉が郷里の伊《い》賀《が》上野《うえの》に滞在していた折、伊勢《いせ》から訪ねてきた人に与えた句である。遠路はるばる訪ねてくれた君を新蕎麦でも打ってもてなしたいところだが、わが故郷ではこのとおり、蕎麦は今やっと花が咲いたところ。腹の足しにはならないが、心ゆくまで畑の蕎麦の花でも眺めてくれたまえ。

（『続猿蓑』所収）

**山畠やそばの白さもぞっとする**　**一茶《いっさ》**　（『九番日記』所収）

蕎麦の真白な花盛りをみるだけでぞっとするといっている。なぜかというと、蕎麦の花が雪景色を思い起こさせるからだろう。まだ秋なのにもう雪が来たかというわけである。一茶が生まれ育った信濃柏原《かしわばら》は冬の間は雪に埋まる。閉ざされた家のなかでのいまいましい継母や義弟との確執も一緒によみがえる。

**美濃に米信濃に蕎麦の花咲《さき》て**　**猿之**　（『国の花』所収）

米どころの美濃は稲の花盛り、蕎麦どころの信濃は蕎麦の花盛り、豊年となること間違いなし。稲といえば植物、米といえば食べものをさすから、「美濃に稲……の花咲て」というべきところだが、食べものの「蕎麦の花」に合わせて「米……の花咲て」といった。おおらかな俗謡風の詠みぶり。猿之は蕪村と同時代の人。

**花蕎麦をさびしき時は思ひ出よ**　**鈴鹿野風呂《すずかのぶろう》**　（『浜木綿』所収）

淋しいときには蕎麦の花を思い出して欲しい、といわれても蕎麦の花は眺めて元気が湧いてくるような花ではない。むしろ、さびさびとした花である。淋しいときにはこの淋しい蕎麦の花を思い出して、といっている。別れてゆく誰かに語りかけるような響きがある。自分自身に言い聞かせているようでもある。

**花蕎麦の月夜の道となりにけり**　**木下夕爾《ゆうじ》**

（『遠雷以後』所収）

初秋の月に照らされる花盛りの蕎麦畑のなかを一本の道が続いている。作者はその道を歩いてはるか遠くにある家へと向かっているというよりも、家の内にいてどこからどこへともなく続いている月夜の道を思い浮かべている。どことなくそんな感じのする句である。

**雁の束の間に蕎麦刈られけり**　**石田波郷《はきよう》**

（『雨覆』所収）

「雁《かりがね》の」で切れる。「雁や束の間に蕎麦刈られけり」というのに等しい。大空を渡る雁の姿を幾度か仰いでいるうち、いつの間にか山の畑の蕎麦は刈り取られてしまい、木枯しが吹き、雪が降るのを待つばかりとなった。「雁の」という言葉が天地の間を流れる時間を包んでいる。

# コスモス

**晴天やコスモスの影撒きちらし**　**鈴木花蓑《はなみの》**

爽《さわ》やかな風が吹き抜けていった。青々と晴れた秋空のもと、無数のコスモスの花が揺れている。無数の花とも揺れているとも句にはないが、「撒《ま》きちらし」という言葉から花の数と動きが生まれるのだ。

さて、コスモスの花の影はどこに散らばっているのだろうか。太陽は空にあるのだから花の影は地面にある。すぐ思い浮かぶのはそんな情景である。

ところが、この句を繰り返し唱えていると、地面だけではなく、あたりの空気にも青い空にも花の影が散らばっているような気がしてくる。花や花の影が入りまじって風に揺れ

コスモス

コスモス（山梨県甲州市）

ている。空気や空に影が映るなんて、実際にはありえないことである。

作者の花蓑はあるとき、コスモスの花自体が影であるように感じたのではなかろうか。薄い色の薄い花びら、すぐ散ってしまいそうなはかない風姿。思えばコスモスという花は淡い影そのものではないか。どれが花でどれが影か見分けようもない。

そのとき、花蓑が感じたコスモスの花の幻影が歳月を経た今でも、この句の言葉の向こうから蘇《よみがえ》ってくる。

（『鈴木花蓑句集』所収）

**こすものいづれかゆれぬ花やある**　**林原耒井《らいせい》**　（『蜩』所収）

コスモスは茎が細く丈が高いので、わずかの風にもいっせいに大揺れする。「いづれかゆれぬ花やある」は、どれか一つでも揺れていない花があるだろうか、みな揺れているという意味になる。花の一字以外はすべてやわらかな平仮名、声調もゆったりとしていて、句自体が風に揺れるコスモスのようである。

**コスモスの花の向き向き朝の雨**　**中村汀女《ていじょ》**　（『花影』所収）

静かに雨の降る秋の朝、コスモスの花が花びらに雫《しずく》を溜《た》めて横を向いたりうつむいたりしている。その姿を「花の向き向き」といった。晴天のもとでは、コスモスの花はみな天を仰いで楽しげに風にそよいでいるが、雨が降ると愁いを帯びる。同じコスモスでも晴れには晴れの、雨には雨の花の表情がある。

**コスモスに囲まれガラス工芸館**　**児玉一江**　（『千曲』所収）

コスモスは淡く透明な感じのする花である。多くは薄桃色や白。赤紫の濃い色の花でさえも、さらりとした風情がある。長く伸びた茎の先にまばらに花をつけ、花と花との間に存分に風をはらんでいるからだろうか。ガラスもまた壊れやすく透明な素材である。この句のなかでコスモスとガラスがひそかに共鳴し合っている。

**みちのくの果てのコスモス盛りなる**　**工藤汀翠《ていすい》**　（『雪嶺』所収）

「みちのくの果て」とは青森県下北《しもきた》あたりをさすのだろうか。人もまれな海辺の村のあちこちにコスモスの花が咲き乱れ、早い秋風に吹かれている。コスモスは花盛りといっても、かえって寂しさがつのる。そんな花である。最果ての地をゆく旅人の心もとなさが一句ににじんでいる。

**比良《ひら》に雪来てコスモスの盛りかな**　**吉田冬葉《とうよう》**　（『冬葉第一句集』所収）

比良は琵琶湖の西岸、滋賀と京都との境にひときわ高くそびえる比良山系のこと。千メートルを超える険しい峰が屏風《びょうぶ》のように連なる。初雪も早い。麓《ふもと》の村ではまだコスモスが花盛りなのに山頂が白く染まった。夕空に浮かぶ雪の比良山が近江八景《おうみはっけい》の一つ、比良の暮《ぼ》雪《せつ》である。

# 彼岸花

**つきぬけて天上の紺曼《まん》珠《じゆ》沙《しや》華《げ》　山口誓子《せいし》**

目が覚めると、野火《のび》のような真赤な光の帯が後ろへ飛び去ってゆく。いつのことだったか、新幹線で京都へ向かう途中のことである。彼岸花があちこちの山かげや田の畦道《あぜみち》に群がって咲いているのだった。岐《ぎ》阜《ふ》羽《は》島《しま》を過ぎて関ヶ原のあたりだったろうか。

東海道新幹線のあのあたりは北から伊《い》吹山《ぶきやま》、南から養老《ようろう》の山塊《さんかい》にはさまれた細い廻廊《かいろう》になっていて、上るにも下るにもここを通らなければならない。豊臣方の西軍と徳川方の東軍がここで天下分け目の合戦を挑んだのも道理である。この細道が秋の彼岸のころ、赤い花に染まる。

彼岸花

彼岸花

赤は血、炎。さらに死、火事、戦争を連想させる。しかし、赤は命の色でもある。命と死が赤という色のなかに素知らぬ顔で隣り合わせている。

合戦があったのは慶長《けいちょう》五年（一六〇〇）九月十五日、太陽暦の十月二十一日に当たる。彼岸のひと月も後であるからその秋の彼岸花《ひがんばな》はすっかり消え失せていただろう。

誓子の句、天上まで突き抜けるかのように澄み切った秋空のもと、彼岸花が咲いている。天にも届くほどの巨大な一本の花を見上げているような気がするのは、「つきぬけて」という言葉の力があり余っているせいである。

（『七曜』所収）

曼珠沙華落暉《らっき》も蘂《しべ》をひろげけり　中村草田男《くさたお》

（『長子』所収）

彼岸花は蘂の美しい花である。長く赤い蘂が四方八方へ伸びて宝珠《ほうじゅ》の形を作る。彼岸花の別名、曼珠沙華はもとはといえば『法華経《ほけきょう》』にある天上の赤い花のことであるが、漢字の一画一画がこの花の蘂を写しているかのようでもある。草田男の句、真赤な光の輻《や》を八方へ伸ばして夕日もまた大きな曼珠沙華であるという。

曼珠沙華どれも腹出し秩父《ちちぶ》の子　金子兜太《とうた》

（『少年』所収）

日に焼けているのか、汚れているのか、腹を出した真黒な子どもたちが彼岸花の咲く大地の穴から次々に飛び出してくる。仏を拝むかのように尊い感じがするのは、子どもたちが原初の力に満ちているからだろう。つい昨日まで秩父に限らずどこでもこうであったのに、そんな子どもたちの姿も消えてしまった。

桔《きち》梗《こう》のいまだ開かぬ夜《よ》明《あけ》かな　中川宋淵《そうえん》

（「雲母」掲載）

彼岸花と好一対をなす秋草は桔梗《ききょう》。真赤な彼岸花が火と土から生まれた花なら藍紫《らんし》の桔梗は水と風から生まれた花。宋淵の句、夜明けの薄明のなかで桔梗の蕾《つぼみ》がふくらんで今にも花びらが五つに割れようとしている。やがて夜が明ければ青空が広がり、桔梗の莟が割れれば青い花びらが開く。夜と莟のどちらも青を秘めている。

**青萱《あおかや》の一すぢかかる桔梗かな**　**深川正一郎《ふかがわしょういちろう》**

（『現代俳句全集』所収）

桔梗の花にもたれるように青萱の葉がひとすじ斜めによぎる。風に吹かれたか、何のはからいもなしにそうなった。これが「かかる」。風が吹き返せば、互いに何事もなかったように離れてゆくだろう。桔梗の花と青萱の葉のなすがままのかかわりをふわりといいとめた。

**桔梗《きちこう》の花の中よりくもの糸**　**高野素十《すじゅう》**

（『ホトトギス雑詠選集』所収）

桔梗の花がはあっと吐いたかのように花の中から蜘蛛《くも》の糸が伸びる。しかしながら、蜘蛛の糸の起点はどこなのか、ほの明るみに掻《か》き消えていずことも知れない。花の中から現われて虚空へと消えてゆくひとすじの光。これほど妖《あや》しい桔梗の花を詠んだ句もない。

# 紅葉 I

**大紅葉燃え上らんとしつゝあり　高浜虚子《きよし》**

火の気配がある。楓《かえで》の大樹だろうか。櫨《はぜ》だろうか。真赤に紅葉する種類の樹木にちがいない。この木は今色づきはじめたばかりだ。緑と赤、二つの色が混じりながら溶け合わず、互いに純粋な色合を保ったままで葉を一枚ずつ、そして樹木全体を染め上げている。

「紅葉燃ゆ」という言い方がある。赤々と炎のように燃え上がる紅葉の真盛りを表わす言葉である。ところが、虚子の句は「燃え上らんと」といって、盛りに至るやや前の紅葉をとらえた。

紅葉の盛りを外すことによって、この句は盛りを描くよりもなお迫力のある句となった。

紅葉

紅葉（中尊寺）

何であれ絶頂にたどり着いてしまえば、後は下るしかない。燃え盛る紅葉であれば、その束《つか》の間の後には散りはじめる。絶頂とは衰退の予感をはらむ静止した瞬間である。

一方、今まさに燃え上がろうとする紅葉には頂点へ向かって駆け上る紅葉の命が宿り、その勢いに沿って時間の流れが生まれる。

昭和二十三年十一月のある日、虚子は嵯峨野《さがの》をめぐり、嵐山《あらしやま》での句会にこの句を投じた。虚子が見たのは一本の大樹の姿を借りた紅葉の命そのものではなかったろうか。

（「ホトトギス」掲載）

**もみぢして松にゆれそふ白膠木《ぬるで》かな**　飯田蛇笏《だこつ》

（『山廬集』所収）

白膠木は紅葉する木のなかでもひときわ鮮やかな紅に染まる。蛇笏が描くのは丈の高い松に寄り添う一本の白膠木紅葉である。幹はすらりと伸び上がり、羽の形をした紅葉の透き間から晩秋の日差しがこぼれている。松の緑と白膠木の紅、松の強さと白膠木のしなやかさ。二本の木の対比が美しい。

**雲来り雲去る瀑《たき》の紅葉かな**　夏目漱石《そうせき》

（『漱石全集』所収）

紅葉が彩る崖《がけ》をとうとうと流れ落ちる一条の瀑布《ばくふ》。その滝の面に影を落としながら真白な雲が去来する。「雲来り雲去る」という短い対句が句に漢詩の面影をもたらしている。漱石は漢詩の達人でもあった。この句から平仮名をすべて取り去って「雲来雲去瀑紅葉」とすれば、立ちどころにして七言詩の一行に早代わり。

**蔦《つた》の葉は残らず風の動《そよぎ》かな**　荷兮《かけい》

（『曠野後集』所収）

蔦といえば夏の涼しげな緑の蔦を思い浮かべるが、本来、秋の紅葉した蔦をさし、夏の蔦はことに青蔦といって区別した。蔓《つる》を伸ばして樹木や壁を這《は》い上がり、蔓に沿って葉が列をなす。「残らず風の動」とは蔦の葉の列の描写だ。真赤に色づいた蔦の葉を次々に揺らしながら風が吹き上がってゆく。

**青空の押し移りゐる紅葉かな**　**松藤夏山**《まつふじかざん》（『夏山句集』所収）

紅葉を眺め、空を眺めているうちに、微動だにせず天を覆っているものとばかり思っていた青空が風や雲とともにずんずんと動いているように見えたのだ。「押し移る」とは勇ましい。青空が刻々と流れ去るのに連れて季節は秋から冬へ移ってゆく。

**空に透き紅葉いちまいづつならぶ**　**長谷川素逝**《そせい》（『暦日』所収）

秋が深まると、木々の紅葉は次々にどこかへ飛び去る。晴れた日、まばらに枝に残る紅葉を仰ぐと、一片一片が透きとおって空の光が抜けてくるかのようだ。紅葉がみせる、その秋最後の輝きだろう。素逝が描くのは、目の前にあるかのように鮮やかなその映像である。

# 紅葉 Ⅱ

一片の紅葉を拾ふ富士の下　富安風生《とみやすふうせい》

富士山と一片の紅葉、それだけが描かれている。日本一の富士山と、その巨大な山容に比べると塵《ちり》ほどもない一枚の紅葉が、わずか十七音の言葉が造り出す俳句という空間のなかでゆったりと向かい合っている。

箱根、山中湖、忍野《おしの》。場所は裾《すそ》野のどこでもよい。高原の小道だろうか、山荘の庭かもしれない。耳を澄ますと、木々を揺らす風の音や鳥の声、木の葉を踏んでそこまで歩いてきた人の足音も聞こえてくるのだが、いっさいの夾雑物《きょうざつぶつ》を消し去って富士山と一枚の紅葉をいっきょに結びつけた。作者らしい人物はただ気配として風景に溶けこみ、紅葉をつま

紅葉

紅葉

みあげる手のあたりが見えているだけだ。

極大と極小、このふたつの鮮やかな対比はそれぞれのなかに秘められていた力を引き出すことになった。富士山はいよいよ大きく、一片の紅葉はいよいよ紅である。互いに反発し牽制《けんせい》し合いながら引かれ合う。生まれたての星雲のような力が一句のなかに渦巻いている。

そして、しんと静まり返っている。風の音が聞こえるだけだ。この富士山と一片の紅葉、その昔、わずか二畳の茶室のなかで対峙《たいじ》したという天下人と利休の趣である。

（『古稀春風』所収）

**白樺の黄落《こうらく》を浴び小鳥の巣**　**飯田龍太《りゆうた》**　（『春の道』所収）

白樺が黄葉して散りはじめ、緑の葉が茂っているうちは隠れていた小鳥の巣がよく見えるようになったのだ。落葉樹のなかでも銀杏《いちよう》や櫟《くぬぎ》のように葉が黄色に染まるものは同じ「もみじ」「コウヨウ」といっても「黄葉」の字を当てる。その散りはじめが黄落である。白樺の黄葉はひときわ明るく透明感がある。

**大木にして南《みんなみ》に片《かた》紅葉《もみじ》**　**松本たかし**　（『ホトトギス雑詠選集』所収）

大きな樹木の、よく日の当たる南側がまず紅葉しているのだ。片紅葉という言葉にはいくつかの使い方がある。一枚の葉の半分、一本の樹木や一つの山の片側が紅葉してもどれも片紅葉という。ここでは樹木の片紅葉。北側にはまだ緑が残っている。「南」の一字から秋の明るい日差しを感じる句である。

**紅葉して囂《かまびす》しきに似し木あり**　**相生垣瓜人《あいおいがきかじん》**　（『明治草』所収）

「かまびすし」は、やかましいという意味である。蟬《せみ》などの声や世間の評判にも使う。これに当てた「囂」という漢字はもともとうるさい祈禱師《きとうし》の声を表わした。「喧し」とも書く。別に紅葉が声をあげているわけではない。木が叫んでいるかのように真赤に紅葉しているのだ。色と音の感覚は脳髄の奥でつながっている。

**磐《ばん》石《じやく》に紅《べに》ひとすじの蔦《つた》紅葉《もみじ》　菊山享女《たかじよ》**
（『笹栗』所収）

磐石とはただの大きな岩ではない。岩磐ともいうように大地の底まで届いている巨大な岩のことをいう。その磐石の剛と蔦紅葉の柔、その黒とその紅。形や色の対比が鮮やかな句だ。それだけでなく、この磐石は地中の冷えを伝えている。冷やかな岩の肌を這《は》うひとすじの蔦紅葉。

**わが旅の紅葉いよ〳〵濃かりけり　高浜年尾《としお》**
（『年尾句集』所収）

紅葉の季節にちょっと長い旅をすると、旅行中に次第に紅葉が濃くなってゆくのに気づくことがある。紅葉を追いかけて旅をしているようでもあり、紅葉が旅人を追い越して進んでゆくようでもある。人生という旅もいよいよ佳境という思いがおのずからにじんでいる。

# 紅葉 Ⅲ

**山暮れて紅葉の朱《あけ》を奪ひけり　　蕪村**

全山紅葉した山が夕暮れてゆき、ついには夜の闇《やみ》のなかに呑み込まれてしまう。しかし、「朱を奪ひけり」という表現は、もはや目の前から消えてしまった紅葉山を、肉眼に見えていたときよりもいっそう華やかに心のなかに蘇《よみがえ》らせる力がある。たとえば「山暮れて紅葉見えなくなりにけり」といった場合と比べれば一目瞭然《いちもくりようぜん》だろう。

天明二年（一七八二）九月十五日、洛北金福寺《らくほくこんぷくじ》境内の山腹に前年再建された芭蕉庵《ばしようあん》で月を愛《め》でる小さな集まりがあった。その席で詠《よ》まれた句である。旧暦九月といえばすでに晩秋。あたりの山の楓《かえで》は紅く染まっていただろう。

紅葉

紅葉

「夕暮れの山が紫に煙る」というある漢籍の一節が題として出された。その紫の一字に触れて蕪村の脳裡に浮かんだのは正統が偽者に取って代わられる時勢を嘆く孔子《こうし》の言葉「紫《むらさき》の朱《あけ》を奪うを悪《にく》む」だった。互いに漢籍の素養を駆使した丁々発止《ちょうちょうはっし》のやりとりである。

紅葉山を目の前に据えて詠んだ句のようにも読めるが、このとき、蕪村は朱を奪われて闇に沈む紅葉の山のなかにいた。庵《いおり》の裏には東山が迫るので月の出は遅い。やがて高く登った月があたりの紅葉を照らしたにちがいない。

（『蕪村遺稿』所収）

**障子しめて四方《よも》の紅葉を感じをり**　**星野立子《たつこ》**
（『実生』所収）

障子を閉めると障子が外の紅葉に明るく照らされる。ただ、ここでは障子に映る紅葉の明りを目で見ているのではなく、自分自身が白い障子になって紅葉明りを全身で感じているようである。「感じをり」が肉感的にはたらいている。明りばかりか障子を隔てて外の紅葉そのものを感じている気配さえ漂っている。

**かざす手のうら透きとほるもみぢかな**　**大江丸《おおえまる》**
（『はいかい袋』所収）

紅葉を眺めようと手庇《てびさし》を眉《まゆ》の上にかざすと、掌《てのひら》が透けているような感じがした。あたりの紅葉の照り返しが手の腹の裏をあかあかと染めているのだろう。手が透けるほどの紅葉明りから、ただならぬほどの紅葉の盛りが想像される。きっとお天気も上々。紅葉のころの晴天は紅葉晴れといってほめたたえる。

**大櫨《おおはぜ》のみどりにまじる紅葉かな**　**田中王城《おうじよう》**
（虚子編『新歳時記』所収）

緑一色とばかり思っていた櫨の茂りに、いつの間にか、矢を刺したようにさっさっと朱色の葉が交じっているのに気づくことがある。濃緑と朱という色合いの斬新《ざんしん》さ。秋が進むと、櫨はすべての葉が目の覚めるような朱に染まる。櫨の実からは蠟《ろう》がとれる。西国を旅すると、川の堤などに植えられた大木を見かける。

**あたりまで明るき漆《うるし》紅葉かな**　高浜虚子《きよし》

（虚子編『新歳時記』所収）

櫨に劣らず鮮やかに紅葉するのは漆の木である。櫨紅葉は朱が勝っているが、漆紅葉は透明感のある紅色をしている。句はあたりを照らすほど今を盛りと紅葉する漆の木である。感嘆のあまり一枝折り取ったりしようものなら、顔じゅうそれこそ紅葉のように赤く腫《は》れ上がる。

**しづかさの水ゆれ浮草紅葉ゆれ**　川崎展宏《てんこう》

（『秋』所収）

浮草の小さな葉が赤く色づいて水面《みなも》に散らばっているさまは、木々の豪華な紅葉にはない細やかな風情がある。滑らかな一枚の水の面が静かに揺れるたびに、水とともに浮草の紅葉も揺れる。水の静けさが浮草紅葉へ、そして、眺める人の心へと伝わってくるような句。

# 紅葉 Ⅳ

**紅葉谿《もみじだに》みづしろ〴〵と流れけり**　**高橋淡路女《あわじじょ》**

紅葉

京都栂尾高山寺《とがのおこうざんじ》の開山明恵《みょうえ》上人は今座禅の最中である。ところは高山寺の裏山。地面近くで枝分かれした赤松の大木の股《また》にふわりと坐《ざ》し、心静かにまぶたを閉じて印を結ぶ。松の根元には上人がここまで履《は》いてきた白緒の高下駄《たかげた》がそろえて脱いであり、手の届く紅葉した楓《かえで》の枝には香炉と数珠が掛けてある。

あるとき、上人はこう考えた。本来、仏道のためには目も鼻も耳もつぶし、手足も切り取ってしまわねばならぬ。しかし、目をつぶしては経が読めず、鼻を削《そ》げば鼻水で経典が汚れ、手を失えば印が結べない。そこで、剃刀《かみそり》を手に執ると自分の右耳を切り落とした。

紅葉

嵯峨野《さがの》の奥の山中を流れる清滝川《きよたきがわ》に沿って、栂尾の高山寺、槇尾《まきのお》の西明寺《さいみょうじ》、高雄《たかお》の神護寺《じんごじ》がある。谷一帯は楓の木が多く、昔も今も京都随一の紅葉の名所である。句は三寺のうち最も上にある高山寺の紅葉の盛りを描く。

『樹上座禅図』に描かれた上人は左頬《ほお》をこちらに向けているので、自ら切り落とした右耳は見えない。失われた耳と残された耳。二つの耳で、上人は宇宙を領する大いなる静寂に聞き入っている。赤松の林を渡る風の声、谷の底を走る清滝川のせせらぎの音。

（『梶の葉』所収）

## 吹きおろす神の紅葉や貴船川《きふねがわ》　水原秋櫻子《しゅうおうし》

（『殉教』所収）

貴船川のほとりにある貴船神社は古くから平安京の水神として崇《あが》められた。祭神は高《たか》龗神《おかみのかみ》。「高」は山、「龗《れい》」は蛇。貴船川の水流そのものを神としたらしい。川沿いの道を行くと、左右の山の楓や桜の古木が空を覆う。貴船紅葉とたたえられるここの楓は高く伸びる板屋楓《いたやかえで》である。黄がかった朱に染まる。

## 近江より京へ引く水草紅葉　岩井英雅《えいが》

（『東籬』所収）

東京遷都の後、京都に活気を呼び戻そうと計画されたのが琵琶湖疏水《びわこそすい》だった。明治二十三年（一八九〇）に完成すると水力発電が始動し、その電気で市電が走り、水路を伝って琵琶湖の舟が京の町に姿を現わした。若王子神社《にゃくおうじじんじゃ》から銀閣寺《ぎんかくじ》道まで疏水の分流に沿って哲学の道が続く。岸辺の草紅葉が明治の夢を物語っている。

## 錦木のもの古びたる紅葉かな　後藤夜半《やはん》

（『青き獅子』所収）

「紅葉の錦《にしき》」というとおり紅葉は錦にたとえられる。数あるその紅葉のなかでまさに錦の一字を頂いたのが錦木。丈高からず、夏のうちは目につく木ではないが、秋、こまごまとした葉が濃い紅に染まる。その紅を見ると、韓紅《からくれない》という古い言葉を思い出す。緑と入り混じる紅葉しはじめのころも美しい。

**肌さむし竹《たけ》切《きる》山《やま》のうす紅葉**　**凡兆**《ぼんちょう》　（『猿蓑』所収）

今年も竹山の竹を切り出しはじめた。一本倒すたびに竹の葉がざわざわと鳴る。その竹山のところどころにうっすらと紅葉した木が立っているのを眺めて、思わず肌に寒さを覚えた。切るたびに間が透けてゆく竹山、紅葉の薄紅。薄い緑と紅に染まる空間が描かれた。

**紅葉散りて竹の中なる清閑寺**　**闌更**《らんこう》　（『半可坊発句集』所収）

京都から山科《やましな》へ向かう山中にある清閑寺《せいかんじ》は源平の昔、高倉天皇に愛された小督《こごう》が帝《みかど》の死後、庵《いおり》を結んだ寺である。応仁《おうにん》の乱で焼かれ、闌更の時代には本堂だけが残っていた。時すでに冬、紅葉がまだ色さめぬまま竹林の間に散り敷いている。「紅葉散る」は冬の季語である。

# 栃の実

**栃老いて有るほどの実をこぼしけり　　前田普羅《ふら》**

栃《とち》は大樹である。谷間の沢に沿って歩いてゆくと、ほかの木よりもひときわ高く空へ伸び、天狗のうちわのような葉をそよがせている栃の木の涼しい影を通り過ぎることがある。栃の木は日本列島にしか自生していない樹木である。そして、かつては列島の山ならどこでも見られる樹木だった。何百年も経った木は丈三十メートル、幹の直径二メートルにも及ぶ。そんな大木は今ではよほど深い山に入らないと見られなくなってしまった。

初夏、円錐《えんすい》形の花穂にたくさんの薄紅の小さな花を咲かせ、晩秋、一握りの玉のような実を結ぶ。大昔から人々はこの実から澱粉《でんぷん》をとり、栃餅や栃粥《とちがゆ》にして身を養ってきた。

栃の花

ベニハナトチ

山ふかみ岩にしだるる水ためん
かつがつ落つるとち拾ふほど
西行《さいぎよう》

深山の岩を流れる水をせき止めて、次々に落ちてくる栃の実を拾おう。そう西行法師は歌う。

普羅の句は、あるだけの実を落とし尽くして冬の眠りに入ろうとする栃の老樹を詠《よ》んでいる。年老いた樹木は人や動物がけっして到達できない静かな威厳をたたえている。

（『飛驒紬』所収）

**栃の実がふたつそれぞれ賢く見ゆ**　**宮津昭彦**　（『暁蜩』所収）

栃の実は直径五センチもある大きな実である。それが二つ。どちらも丸く固く締まっていて智恵がいっぱい詰まっていそうだ。事実、栃の実はやがて大樹となるすべてを蔵している。殻を割ると、艶々と光る赤茶色の種子がこぼれ出る。この種子を灰汁《あく》を混ぜた水に晒《さら》して渋《しぶ》を抜き、粗《あら》く挽《ひ》いて餅や粥にした。

**栃の花はつはつの雨おもしろし**　**石田波郷《はきょう》**　（『雨覆』所収）

花咲く栃の木を遠くから眺めると、大きな燭台に無数の蠟燭《ろうそく》の炎が揺らめいているようだ。句は栃の花に細かな雨が降りかかっているところ。「はつはつ」は「はつか」と同じく、わずかという意味である。しかし、「はつか」といえば、わずかなものをいとおしむ思いが加わる。「はつはつ」ならなおさら。

**新緑やまた水楢《みずなら》に歩をとゞめ**　**佐野青陽人《せいようじん》**　（『天の川』所収）

新緑の山道を歩きながら、何と美しい若葉だろうと思って頭上に広がる若葉を見上げると、先ほどと同じ水楢の木だった。初夏の日差しを満身に浴びて風にそよいでいる。水楢の若葉は木々のなかでもひときわ明るく柔らかくみずみずしい。幹は炭となり椎茸榾《しいたけほだ》となり家具となる。青陽人は富山高岡の人。

**たうたうと瀧《たき》の落《おち》こむ茂り哉《かな》　士朗《しろう》**

（『枇杷園句集』所収）

瀧の水が深々と茂る樹木のなかへ落ちこんでいる。水の落ちゆく先には瀧壺があるはずだが描かれていない。瀧はあくまでも茂りのなかへ落ち続ける。言葉がゆったりとしていて茂りの深さを感じさせる。「たうたうと」は「トートーと」。士朗は江戸後期、名古屋の産科医。

**冬木立幹をのぼれる水の音　星野恒彦**

（『麦秋』所収）

冬の間、雪に埋もれる雑木林の木々は春が近づくと冬芽がふくらみ、幹を水がのぼりはじめる。この「水の音」は耳を幹に押し当てても人間には聞こえない。空を吹く冷たい風の音が聞こえるだけ。木の穴のなかで冬眠中のリスの親子はこの音を聞きながら春の夢を見ている。

# 北海道

**とらへたる柳絮《りゅうじょ》を風に戻しけり　稲畑汀子《ていこ》**

微風に乗ってどこからともなく目の前へ流れてきた白い綿毛を指先でとらえた。はるかな旅の途中、とらわれの身となってしまった綿毛は指を逃れて、風とともにもっと旅を続けようとするかのようにそよいでいる。

春が行こうとするころ、柳の種子は風に誘われて果てしない大空へと旅立つ。柔らかな綿毛に包まれ、空を飛ぶこの種子が柳絮。絮とは綿毛のことである。

今から百三十年ほど昔、深い森が切り拓《ひら》かれて、まず北海道開拓使の丸屋根が出現した。札幌農学校が建てられ、広大な実習園が造成された。原野であった一帯を都市計画に従っ

ノリウツギ

て碁盤の目状の道路網がおおっていく。やがて市街を鉄道が貫通する。あたりが森でおおわれていた昔、多くの柳の木が茂っていた。大半は森が開かれるとともに切り倒されてしまったが、いくらかは生き残った。そして、今でもこの季節になると、大地の遠い記憶のように数知れぬ柳絮が湧《わ》き起こり、空へ旅立ってゆく。

とらえていた指を開くと、柳絮はふたたび風に乗って流れて去る。その姿がはるかな時を超えて旅を続ける旅人のようにみえる。

（『汀子句集』所収）

柳絮

**満月に花アカシヤの薄みどり**　飯田龍太《いいだりゅうた》（『忘音』所収）

札幌の語源は乾いた大地を意味するアイヌ語「サットポロ」。街の大きな通りには乾いた大地に適したアカシヤの並木が植えてある。アカシヤは初夏、枝々から白藤の花に似た花の穂を出す。句はほのかに緑を帯びたアカシヤの花が満月の光を浴びている。このアカシヤは正確にはニセアカシヤ。針槐《はりえんじゅ》ともいう。

**アカシヤの木の間に船の白かりき**　佐藤春夫（『佐藤春夫全集』所収）

「アカシヤの木」とあるだけだが、アカシヤはただの夏木立ではなく白い花をつけているだろう。葉の白っぽい緑とその間に見える船体の白が明るさを通り越して何やら愁いを感じさせる。初夏の小樽《おたる》港である。佐藤春夫は七歳から生涯、俳句をたしなんだ。小樽の語源はアイヌ語の「オタルナイ」、砂だらけの川。

**玫瑰《はまなす》や今も沖には未来あり**　中村草田男《くさたお》（『長子』所収）

玫瑰の真赤な花の向こうに真昼の青い海がきらめいている。その沖の青のなかにまだ生まれていない時間、未来が今も眠っているような感じがするのだ。「今も沖には未来あり」とは永遠に若々しい断定である。石狩湾の海岸での吟《ぎん》。石狩という地名はアイヌ語で曲がりくねる川という意味の「イシカラペツ」から。

**花さびた十勝《とかち》の国に煙たつ**　**加藤楸邨《しゅうそん》**　（『野哭』所収）

夏、山に入ると紫陽花《あじさい》に似た白い花をつけている灌木《かんぼく》を見かける。あれがノリウツギ。幹の内皮から紙漉《かみす》きに使う糊《のり》が採れ、卯の花（空木《うつぎ》の花）に似ているからこの名がある。北海道ではサビタと呼ぶ。楸邨の句は十勝の国見。何の煙か、緑の国原から立ちのぼる。

**大雪山若葉の上に聳《そび》えけり**　**野村泊月《はくげつ》**　（『比叡』所収）

北海道の真んなかにそびえる大雪山。夏に入っても雪の残る頂が新緑の原生林の上に輝いている。同じ構図でも蕪村《ぶそん》の「不二ひとつうづみ残してわかばかな」はうねるような曲線であり、この句はまっすぐに切り降した直線。大雪山はアイヌ語では「ヌタクカムウシュペ」、頬の山。

# 高山植物

**焼岳けぶる薄雪草の朝ぼらけ　阿波野青畝《せいほ》**

下界が真夏の溽暑《じょくしょ》にうだるころ、ようやく雪も消えた高い山々の山腹では可憐な草の花が次々に咲きはじめる。これはきっと山の神さまのお花畑にちがいない。ある日、麓《ふもと》の村人が花の群生を見つけて驚き、神さまを驚かさないようにそっと通り過ぎた。

お花畠に倒れる如く憩ひたり　林朝樹

時は流れ、ヨーロッパ式の登山が始まると、お花畑は山男たちの淋しい心を慰める場所になった。句は誰か花の絨毯《じゅうたん》に横たわって歩きつかれた体を休めているところ。昔の人々

薄雪草

駒草

が神々に対して抱いた畏れは「お花畑」という言葉としてかすかに記憶されることになる。

昭和五十四年（一九七九）八月、傘《さん》寿《じゅ》を迎えた青畝は上高地に避暑に訪れた。上高地は日本の近代登山発祥の地である。ある朝早く、噴煙を上げる焼《やけ》岳《だけ》の釣鐘《つりがね》を据えたような姿を仰いだのだろう。

薄雪草は葉や茎は白い綿毛に包まれてうっすらと雪が積もったかのようにみえるところからその名がある。お花畑のつかの間の夏を惜しむかのように咲く花の一つである。

（『あなたこなた』所収）

**はるかなるかな径雲《みちくも》に入るちんぐるま**　**加藤楸邨《しゅうそん》**

（『まぼろしの鹿』所収）

雲のなかへ消えてゆく登山道。その道の辺にチングルマの白い五弁の花が風に揺れている。チングルマとは稚児車が訛《なま》ったものらしい。その花が小さな車にみえたのだろうか。「はるかなる」とすれば定石どおり五音で収まるところを「かな」をつけて七音にした。ほんとうにはるかな感じがする。大胆な上五である。

**岩鏡《いわかがみ》咲きかぶさりし清水かな**　**中村素山《そざん》**

（『素山句集』所収）

岩鏡は苺《いちご》のように葉を地面に広げる。初夏、株の中心から茎を伸ばし、その先端に撫子《なでしこ》のような淡紅の花を開く。「咲きかぶさりし」とは、岩鏡の葉のかげから清らかな水が湧き出して細く流れ出しているのだろう。岩鏡、岩桔梗《いわぎきょう》、岩菊、岩躑躅《いわつつじ》。植物名にかぶさる「岩」は高山の岩場に生えることを表わしている。

**駒草《こまくさ》の花影そろふ日の出かな**　**藤田東涯《とうがい》**

（「曲水」掲載）

駒草はお花畑の女王といわれる。峰から昇る朝日に照らされて、澄みきった空気のなかにくっきりと浮かび上がる駒草の花。「花影」とは花の姿という意味だろう。菫の花に似た赤紫の花をつける。花の形が馬の長い顔を思い出させるからそう呼ばれるようになったという。たしかに馬の顔のようでなくもない。

**霧寄せて駒草紅を失ひぬ**　**河合薫泉《くんせん》**　（『海光』所収）

今し方まで晴れていたのに、霧が湧いてたちまち駒草の花を包んでしまった。まだ花のたたずまいはうかがわれるものの、喪のヴェールを顔におろした女性の唇のように赤紫の花色はすっかり失せて灰色にみえる。カラーの映像が一瞬にしてモノクロに変わるような感じ。

**霧《きり》疾《はや》しはくさんいちげひた靡《なび》き**　**水原秋櫻子《しゅうおうし》**　（『秋苑』所収）

漢字で書くなら白山一華。石川・岐阜県境にそびえる白山にちなんで名づけられた。この名からただちに真白な一輪咲きの花が思い浮かぶ。そのとおり、長い茎の先にいくつか白い小さな花をつける。句は霧のなか、その白い花がしきりにそよいでいる。いい名前をもらった。

# 鎌倉

**白梅のあと紅梅の深空あり　飯田龍太《りゅうた》**

北鎌倉駅前の「こまき」は老夫婦が開いている和菓子屋である。鉄紺《てっこん》の暖簾《のれん》を割って入ると、黒石を敷いた店内には卓が二三。奥の壁いっぱいに切った窓からは円覚寺《えんがくじ》門前の池が見える。この店の菓子はだいたい月ごとに替る。ただ、いつでも一種類。五月は葛焼《くずやき》、七月は水羊羹《みずようかん》、九月は初雁《はつかり》という風である。

「こまき」を出て鎌倉街道をちょっと行けば右手に東慶寺《とうけいじ》。月に一度、鎌倉で句会のある日は家内と早めに家を出て、「こまき」に菓子を頼んでから、この寺の庭をぶらぶらする。年中、何かしら花の絶えない庭であるが、なかでもみごとなのはやはり春先の梅だろう。

著莪

東慶寺の梅

梅ほど鎌倉にふさわしい花もない。
石段の上の茅葺《かやぶき》の山門を入って、真直ぐに伸びる敷石の小道の左右から差し交わす白梅と紅梅の枝を仰ぐとき、心に浮かぶのは飯田龍太のこの句である。

白梅の深空から紅梅の深空へ。句のなかからも清々しい白梅、紅梅の香りが立ちのぼる。紅梅の開花は白梅に遅れる。歳時記では白梅は初春二月、紅梅は仲春三月の花としている。

さて、「こまき」の正月の菓子は季節を先取りして紅梅。凜《りん》とした薄紅の菓子である。
（『山の木』所収）

一面の著莪《しやが》にさざめく洩日《もれび》かな　松本たかし

（『松本たかし句集』所収）

晩春、著莪の花は林や竹藪のなかに木洩れ日のように咲き広がる。大町の妙法寺《みようほうじ》の裏には擦り減った古い石段が裏山のお堂まで続いている。石段を深々とおおう苔《こけ》が春雨に潤《うるお》って、滑らかに流れ落ちる緑の水のように変わるころ、両脇を著莪の白い花が埋め尽くす。鎌倉の行く春を送り、来る夏を迎える花である。

この雨のやめば海棠《かいどう》散りそめん　星野立子《たつこ》

（『続立子句集第二』所収）

海棠は長い柄の先に紅色の花を房のようにつける。花盛りのあでやかさもいいが、散る風情がすばらしい。紅の花びらが一枚一枚、みずからを惜しむように散りつづける。長谷《はせ》の光則寺《こうそくじ》の海棠は桜の花より少し早く四月初めに花時を迎える。桜ばかり気にしているといつの間にか散り尽くして跡形もない。

白蓮《びやくれん》やはじけのこりて一二片　飯田蛇笏《だこつ》

（『山廬集』所収）

光明寺《こうみようじ》は海の寺である。材木座の海岸から少し入ったこの寺の本堂の大屋根は、ヨット乗りが方位を確認する目印でもある。砂浜が海水浴で賑わいはじめるころ、廻廊で囲まれた庭の池では次から次に蓮の花が開く。この縁側は絶好の昼寝の場所。目が覚めると、蓮の茎の先に夢のかけらのような一二片の花びら。

**白萩のしきりに露をこぼしけり**　**正岡子規《しき》**
（『寒山落木巻二』所収）

宝戒寺《ほうかいじ》は萩の寺である。しかも境内を埋め尽くす萩はすべて白萩。晴れた朝など、花や葉に置く露が日の光にきらめいて水晶の珠を散りばめたようになる。ここは代々、鎌倉幕府執権を務めた北条得宗家《ほうじょうとくそうけ》の屋敷があったところ。花が終わると萩の株はすべて刈り取られる。

**曼《まん》珠《じゆ》沙《しや》華《げ》仏《ほとけ》は首《こうべ》失はれ**　**阿波野青畝《あわのせいほ》**
（『紅葉の賀』所収）

鎌倉から逗子《ずし》へ抜ける名越《なごえ》の切通しの北側の山腹に、かつて曼荼羅堂《まんだらどう》と呼ばれたお堂があった。長い歳月のうちにお堂はなくなり、ところどころに残る石塔と草花だけが、昔をしのばせる。秋の彼岸のころは曼珠沙華。咲き初めて次々と咲き、いつしか消えてしまう。

# 沖縄

**おろかなるたたかひの夢海紅豆《かいこうず》　石原八束《やつか》**

夏になると思い出す歌がある。どこか遠く、海の近くのサトウキビの畑から吹いてくる風のように心に浮かんでは消える。

ざわわ　ざわわ　ざわわ
広いさとうきび畑は
ざわわ　ざわわ　ざわわ
風が通りぬけるだけ

ウチワサボテン

海紅豆

むかし海の向うから
いくさがやってきた
夏の陽ざしの中で
ざわわ　ざわわ　ざわわ
風が通りぬけるだけ

寺島尚彦《てらしまなおひこ》のこの詩はほんとうはもっと長い。覚えているのはその断片を勝手につないだもの。ただこれだけでも、夏の太陽がしんと照りつけるこの島で起こった戦争の悲惨な場面の数々を思い出すには十分である。

八束の句では、海紅豆（梯梧《でいご》）の赤い花が暑い日差しを浴びて咲き乱れている。ここにも沖縄の真昼の静けさが染み込んでいる。

（『藍微塵』所収）

**髪黒し梯梧の花を挿《さ》せとこそ**　**福永耕二**
（『踏歌』所収）

梯梧の花はなぜあんなに赤いのだろう。句は緑なす黒髪の乙女を前にして、あの赤い梯梧の花を髪挿《かざ》しにすればさぞ映えるだろうという作者の幻想。花のようにあっという間に過ぎ去ってしまう乙女ざかりをいとしんでいるのである。福永耕二は鹿児島の人。千葉の高校教師となったが、四十二歳で急逝。

**仏桑華《ぶっそうげ》遺影三つ編みばかりなり**　**福田甲子雄《きねお》**
（『盆地の灯』所収）

天寿をまっとうした死は祝福すべきもの。しかし、若者が命を落とすのはいつの世も痛ましい。句は沖縄戦で集団自決したひめゆり部隊の少女たちの遺影だろう。夢や可能性や少女たちから生まれるはずだった新しい代々の命、戦争はそのすべてを蕾《つぼみ》のまま抹殺してしまった。心のなかでそっと捧《ささ》げる仏桑華の花。

**ゆーらゆーらユーナその花基地の浜**　**千《ち》曲山人《くまさんじん》**
（『雪えくぼ』所収）

敗戦後、沖縄は米軍基地の島になった。基地の近くの砂浜では昔のままにユーナの黄色い花が海風に揺れている。すぐ上空をすさまじい轟音《ごうおん》をたてて飛び去る戦闘機。「ゆらゆ

らゆうな　ゆうなの花は　さやさや風の　ささやきに　色香もそまるよ　ゆら　ゆら　ゆら」（朝比呂志《あさひろし》作詞「ゆうなの花」）。

**梅檀《せんだん》の花散る那覇に入学す**　　**杉田久女《ひさじょ》**

（『杉田久女句集』所収）

梅檀は初夏、薄紫の小さな房状の花をつける。花や葉の透き間から日差しがこぼれて美しい。久女は幼いころ、官吏の父に従って台湾や沖縄で過ごした。句は、後半生、けっして仕合わせとはいえなかった久女の、南の島で家族とともに過ごした幸福な幼年時代の回想。

**南吹く日々仙人掌《サボテン》の花鮮《あら》た**　　**西島麦南《ばくなん》**

（「雲母」掲載）

南国を旅すると、大きなサボテンの茂みを見かける。たいていはウチワサボテン。木立ほどに育ち、棘《とげ》だらけの葉にぴかぴか光る黄色い花をいくつもつける。南風が吹く夏、毎日、サボテンの新しい花が開く。「みなみ」は南風を表わす漁師の言葉。海の香りがする。

# 蓬莱島

**春蘭《しゆんらん》の花とりすつる雲の中　飯田蛇笏《だこつ》**

新聞記者として日清戦争に従軍した正岡子規《まさおかしき》は明治二十八年（一八九五）五月、大連から船に乗り帰国の途につく。数日後の午前中、「日本が見える。青い山が見える」という喜ばしげな声が船中のあちらこちらで起こった。下関に入ると「前には九州の青い山が手の届くほど近くにある。その山の緑が美しいと来たら、今まで兀山《はげやま》ばっかり見て居た目には、日本の山は緑青《ろくしよう》で塗ったのかと思われた」。

大昔、大陸から日本に渡ってきた多くの人々も海原から日本の緑の山々を望んだとき、子規と同じ思いにとらわれたのではなかろうか。そうした思いが重なって、いつしか蓬莱《ほうらい》

春蘭

昼顔

島《じま》の伝説が生まれる。東の海の果てにあるというその列島には高い山がそびえ、大木が茂り、不老長寿の仙人が住んでいる。死者たちの魂が永遠に安らかに暮らす島でもある。

春蘭は木々が芽を吹くころ、清らかな香りを放つ黄色の淡い花をかかげる。蛇笏は甲府盆地を一望する甲州境川《こうしゅうさかいがわ》村《むら》の人である。近くの雑木林でのことだろうか。

摘むともなく折り取った春蘭の花が知らぬ間に手から落ちる。雲中に咲く春蘭といい、そぞろ歩む人といい、たしかにこの島々には蓬萊の面影がある。

(『山廬集』所収)

**風《ふう》蘭《らん》や大木をめぐる白き蝶**　**岡本癖三酔《へきさんすい》**　（『癖三酔句集』所収）

真夏に森のなかを歩いていると、樹上から風蘭のかすかな甘い香りが降ってくることがある。風蘭は老木の樹皮にぶら下がり、梅雨も明けて下界が暑さでうだるころ、小さな白い花を次々に咲かせる。句は風蘭の香に誘われたか、白い蝶が大木のまわりを飛びめぐっている。森の緑に点じた風蘭と蝶の小さな白。

**あけびちる下の盛りやゑびね草**　**大夢《たいむ》**

通草《あけび》は晩春、若葉のかげに紫色の花をひっそりと咲かせる。これがあのユーモラスな形の実からは想像もできないシックな花である。シックとは華やかだが派手ではない、秘めた華やかさ。その通草の花びらが散るあたり、海老根《えびね》の一群が今を盛りと花を競っている。海老根もまた通草に劣らずシックな花を咲かせる。

**昼顔のほとりによべの渚あり**　**石田波郷《はきよう》**　（『鶴の眼』所収）

直訳すれば昼顔の花のほとりに昨夜の渚がある。これでは何のことかわからない。波郷は「昼顔のほとり」と「よべの渚」とを「……に……あり」で結びつけた。まず昼顔の花を思い浮かべ、次いで昨夜の渚を思い浮かべる。二つの言葉が甘美な一つの和音を奏でている。昼顔のほとりに昨夜の波の跡を想像してもよい。

**浜木綿《はまゆう》の明日咲く茎を月にあぐ　黒木野雨《やう》**

（「馬酔木」掲載）

浜木綿は古くから「み熊野の浦の浜木綿」として和歌に歌われてきた。都人の多くは熊野の浦も浜木綿の花も実際に見たこともなかったろうが、浜木綿と聞けば古い記憶でもあるかのように南の海を思い浮かべた。句は莟《つぼみ》をつけた浜木綿の太くたくましい茎が月光を浴びて立っている。

**夏《なつ》薊《あざみ》鎌を揮《ふる》って倒しけり　佐藤水子**

薊といえば春、そのほかに夏薊、秋薊がある。品種が異なるわけではなく、同じ薊が秋まで咲き次ぐのであるが、それぞれに言葉の風情が異なる。夏薊といえば銀色の鋭い棘《とげ》をいっぱいつけてたくましい姿が浮かぶ。ここでは「倒しけり」とまるで大木か何かのようにいった。

# 万葉集

**月《つき》草《くさ》や澄みきる空を花の色　　蓼太《りょうた》**

月草の青い花は澄みわたる秋空のようだというのである。月草とは露草《つゆくさ》のこと。秋、野道を歩くと露に濡れた瑠璃《るり》色の小さな花が散らばっているのを見かける。

「月草に衣は摺《す》らむ朝露に濡《ぬ》れての後《のち》はうつろひぬとも」（作者不詳）。月草の花で衣を染めよう。朝露に濡れたらすぐ消えてしまうけれど。『万葉集』のこの歌のとおり、万葉びとは露草の花を染料として用いた。

きっかけは野原を歩いてきた人の衣の裾《すそ》が露草の花にすれてその色に染まっているのに気づいたということだったかもしれない。初めはこの花をじかに衣にこすりつけていたの

露草

ヤブカンゾウ

ではなかったか。月草の名も「色が染み着く草」というところから生まれた。『万葉集』で歌われる草木の多くは生活に役立つものだった。月草や茜《あかね》や紫《むら》草《さき》のような染料もあれば食料や薬もあった。有用であればこそ美しく見え、歌に詠んでたたえた。

今も友禅《ゆうぜん》の下絵は露草の花の汁で引く。花の汁を染みこませた青花紙《あおはながみ》という和紙を浸した水で下絵を描く。本絵を描き上げた後、水ですすぐと下絵の線はすうっと消えてしまう。露草の染め色はそれほど淡い青である。

（『蓼太句集二編』所収）

**浅井戸にそつとすすぐや杜若《かきつばた》　北枝《ほくし》**

（『続有磯海』所収）

「かきつばた衣《きぬ》に摺《す》り付けますらをの着襲《きそ》ひ狩《かり》する月は来《き》にけり」大伴家持《おおとものやかもち》。杜若も万葉時代は染料だった。その名も搔《か》き付け花、こすりつける花から。もっぱら花を愛《め》でるようになるのは平安以降のこと。北枝の句、水辺で切ってきた杜若を浅い井戸の水ですすいでいる。「そつと」とは花を傷《いた》めぬようにとの思い。

**萱草《かんぞう》の花とばかりやわすれ草　来山《らいざん》**

（『今宮草』所収）

「忘れ草我《ぐさわ》が紐《ひも》に付く香具山《かぐやま》の古《ふ》りにし里を忘れむがため」大伴旅人《たびと》。恋の苦しみを忘れさせてくれるほど美しい花なので忘れ草とよばれた。来山の句、萱草の花とばかり思っていて、忘れ草というゆかしい名を忘れておりました。萱草は漢名。立原道造《たちはらみちぞう》の詩「萱草に寄す」は「わすれぐさによす」と読ませる。

**紅粉《べに》買《かい》や朝見し花を夕日影　其角《きかく》**

（『五元集拾遺』所収）

「紅《くれなゐ》に衣《ころも》染めまく欲しけども着てにほはばか人の知るべき」柿本人麻呂《かきのもとのひとまろ》歌集。紅花《べにはな》は呉《ご》、すなわち中国渡来の藍《あい》なので呉藍《くれあい》、やがて「くれない」とよばれるようになった。其角の句は紅花の仲買人を詠む。今朝、紅畑のなかの小道を通って村に入った商人が買い付けを終えて夕映えの紅花を眺めながら引き上げてゆく。

**茜草《あかねぐさ》あかねを染めて花は黄に　野沢純《きよし》**

「あかねさす日は照らせれどぬばたまの夜《よ》渡る月の隠《かく》らく惜《を》しも」柿本人麻呂。茜草は棘《とげ》のある蔓草《つるくさ》である。根が赤く、これをしぼって茜色の染料にする。茜色とはわずかに黄がかった赤である。「あかねさす」は日、昼、照る、紫などにかかる枕詞《まくらことば》。秋に黄色の花をつける。

**白山の雪はなだれて桜麻《さくらあさ》　路通《ろつう》**

（『草庵集』所収）

「桜麻《さくらお》の麻生《をふ》の下草《したくさ》露しあれば明かしてい行《ゆ》け母は知るとも」作者不詳。桜麻は桜に似た花をつける麻とも桜の花時に植える麻ともいう。「さくらお」と読むこともある。放浪の生涯を送った路通が加賀で詠んだ句である。名高い白山《はくさん》の雪が雪崩《なだ》れたかのように今、桜麻の花盛り。

# 源氏物語

## 花の世の花のやうなる人ばかり

中川宋淵《そうえん》

須磨《すま》明石《あかし》での流離の生活から都の宮廷に返り咲いた光源氏は、かつて愛人であった故六《ろく》条御息所《じょうのみやすどころ》の邸《やしき》を取りこんだ六条院という大邸宅を営む。敷地はふつうの貴族の邸の四倍、四町に及び、その町ごとに寝殿や東西の対《たい》が建ち並び、互いに回廊で結ばれていた。

源氏はゆかりある女性たちをここに住まわせる。最愛の人紫《むらさき》の上《うえ》、六条御息所の忘れ形見秋好中宮《あきこのむちゅうぐう》、継嗣夕霧《ゆうぎり》の母代わりの花散里《はなちるさと》、一人娘明石中宮の生母明石の君。宋淵の句のとおり「花の世の花のやうなる人ばかり」である。それぞれの住まいのまわりには女主《おんなあるじ》にふさわしい草花を植えた庭が造られた。

紅花

桐の花

さて、野分《のわき》の吹き荒れた翌朝、風見舞いに六条院の父のもとを訪れた夕霧は、屛風《びょうぶ》の取り払われた庇《ひさし》の間に出ている紫の上を垣間見《かいまみ》る。その姿を紫式部は「春の曙《あけぼの》の霞《かすみ》の間よりおもしろき樺桜《かばざくら》の咲き乱れたるを見る心地す」と描写している。樺桜とは樺色すなわち赤みがかった芽立ちの山桜だろうか。

この時、源氏三十六歳、紫の上二十八歳、夕霧十五歳。父の愛人たちの姿が息子の目にさらされる野分の巻以降、源氏と紫の上が築いた愛の王国は徐々に壊れてゆくことになる。（「雲母」掲載）

むらさきの花の天あり桐畠《きりばたけ》　草間時彦《くさまときひこ》
（『朝粥』所収）

物語の発端は桐の花である。光源氏が三歳のとき、母桐壺更衣《きりつぼのこうい》は亡くなる。幼心に残る母の面影は漠たるものだった。漠としていればこそかえって恋しさが募る。源氏は母の面影、桐の花の紫の面影を求めて生涯、女性たちの間をさまよい続ける。句が描くのはけっしてたどり着けない、高々と桐の花咲く大空。

月はなほ光放たず藤の房　山口誓子《せいし》
（『青女』所収）

幼い源氏の心に残された母桐壺更衣のかすかな面影は、やがて父帝の新しい寵姫《ちょうき》となった藤壺女御《ふじつぼのにょうご》という姿となって出現する。失われた桐の花は藤の花となって再生する。句の「月はなほ光放たず」とは、空が暮れきらず、月がまだ光を帯びていないのだ。夕べのほのかな光に浮かぶうら若い月と藤の花房。

むらさきといふ草愛し僧侶たり　窪田鱒多路《ますたろ》
（『沙中金』所収）

「手に摘みていつしかも見む紫のねにかよひける野辺の若草」。藤壺の姪に当たる紫の上は、源氏が詠むこの歌のとおり、十歳で源氏に拉致《らち》された。紫草《むらさき》の根は紫の染料である。

桐の花に憧れ、藤の花に焦がれる源氏はついに紫の源泉である紫草を手に入れる。句は紫草を育てる一人の僧侶。この僧侶、黒き影のごとし。

**酔顔に葵《あおい》こぼるる匂ひかな**　**去来《きょらい》**　（『有磯海』所収）

源氏の妻葵《あおい》の上《うえ》は、葵祭見物の際にはずかしめた六条御息所の生霊《いきりょう》に取り殺される。句は元禄七年（一六九四）の吟。祭人の髪に挿した二葉葵《ふたばあおい》の若葉が酒で赤らんだ顔の前で揺れている。「久しく絶たりける祭のおこなはれけるを拝して」と前書がある。葵祭は戦国半ばに絶え、この年、約二百年ぶりに復活した。

**紅《べに》の花枯れし赤さはもうあせず**　**加藤知世子《ちよこ》**　（『朱鷺』所収）

見目《みめ》芳《かんば》しからぬ末摘花《すえつむはな》にも、その心栄《こころば》えの麗《うるわ》しさに感じて源氏は手厚く仕えた。ここが並みの色好みと異なるところ。句は、みずみずしい紅花は色褪《あ》せるが、枯れきった紅花は褪せようがないという。歳月をかけて初めて見える人の世の姿でもある。作者は加藤楸《しゅう》邨《そん》夫人。

# おくのほそ道 I

**家にあれば寝るころほひを萩と月**　**上田五千石《ごせんごく》**

越後《えちご》の西の果て市振《いちぶり》の宿で芭蕉は、新潟から伊勢参りに向かう二人の遊女と部屋を隣り合わせた。

一家《ひとつや》に遊女も寝たり萩と月　芭蕉

『おくのほそ道』の旅の途中、唯一の艶《あで》やかな場面である。この句、「萩と月」の「と」の一字がみごと。宿が萩に埋もれて月が照らしているようでもあり、二人の遊女が萩と月のようでもあるかと思えば、萩と月が遊女の名前のようにも聞こえる。「萩に月」とした

あやめ草

萩と月

のではこの自在な変幻は表わせなかっただろう。

　五千石の句は、今宵は旅の宿にあって「家にいるなら寝る時間だなあ」と思いながら月の照らす庭の萩を眺めているというのである。字面をたどればそれだけのことだが、この句にはそれにとどまらず、今ごろ妻は家でそろそろ寝につこうとしているだろうかと思いやる静かな優しい響きがある。家に残してきた妻や子が思われて眠れないのだろう。

　五千石の句は芭蕉の「萩と月」をそのまま頂きながら、はるかな家郷を思う妻恋の句に転じている。（『琥珀』所収）

**卯の花の夕べの道の谷へ落つ**　臼田亜浪《うすだあろう》

（『旅人』所収）

「卯の花をかざしに関の晴着哉」曾良《そら》。芭蕉と曾良が白河の関を越えたのは卯の花の盛りのころだった。『おくのほそ道』のこのくだりは「卯の花の白妙に茨《むばら》の花の咲そひて」と関の名に和して白尽し。亜浪の句、谷へ降りてゆく道を埋めるように卯の花が咲いている。夕闇に浮かぶ白い花。「落つ」が簡潔にして大胆。

**ほととぎす啼《なく》や五尺の菖草《あやめぐさ》**　芭蕉

（『葛の松原』所収）

「あやめ草足に結《むす》ん草鞋《わらじ》の緒」芭蕉。芭蕉が仙台に逗留《とうりゅう》したのは端午《たんご》の節句の前後。句は餞《はなむけ》に贈られた草鞋への礼。「ほととぎす」の句は『古今集』の「ほととぎす鳴くや五月のあやめ草あやめもしらぬ恋もする哉」の俳諧的変奏。「五月」を「五尺」に変じた。「あやめ草」はサトイモ科の菖蒲であってアヤメではない。

**行くすゑは誰《た》が肌《はだ》ふれむ紅の花**　芭蕉

（『西華集』所収）

「まゆはきを俤《おもかげ》にして紅粉《べに》の花」芭蕉。紅花の産地尾花沢《おばなざわ》での句。ここで芭蕉をもてなした鈴木清風は紅花問屋として栄えた人であった。「行くすゑは」の句、棘《とげ》だらけの花であるが細やかな紅となってどんな女の肌を染めるのだろうというのである。どちらも美人の面影を潜ませた。ただし、この句、芭蕉作との確証なし。

**羅《うすもの》の中になやめりねふのはな　文考《しこう》**（『継尾集』所収）

「象潟《きさかた》や雨に西施《せいし》がねぶの花」芭蕉。芭蕉が西施の横顔に重ね合わせた合歓《ねむ》の花を、門下の支考は薄衣に包まれて悩ましげな美人にたとえる。羅は先が透けるほど薄い絹や麻や綿の織物。たしかに合歓の花は淡紅のヴェールをふわりとまとっているかの風情がある。

**我庭の良夜の薄《すすき》湧く如し　松本たかし**（『野守』所収）

「しほらしき名や小《こ》松吹萩《まつふくはぎ》すすき」芭蕉。加賀の小松での句。小さな松という名の町の萩や薄を秋風が揺らしている。たかしの句、仲秋の名月の光を浴びる庭の薄が湧き上がる水のようである。『おくのほそ道』の途上、名月の夜は生憎《あいにく》の雨。「名月や北国日和定《ほっこくびよりさだめ》なき」芭蕉。

# おくのほそ道 II

行き行きてたふれ伏すとも萩の原　曾良

『おくのほそ道』の旅の供として芭蕉はなぜ曾良を選んだか。これは大問題だが簡単な問題である。長旅の供に自分であれば、どんな人を選ぶかを考えればすぐにとける。

第一の条件はその人自身が旅の重荷にならないことだろう。そのためにはまず健康で健脚でなければならない。それより大事なのは長くいっしょにいても邪魔にならないことかもしれない。口数が少なく、でしゃばりすぎず。加えて旅の日程や旅銀の管理ができればいうことはない。

曾良がこれにかなった人柄であったことは彼の俳句が何よりの証拠。曾良の句はどれも

萩

合歓の花

直情の句なのだ。いいかえれば、屈折した複雑な詠み方をしない。というか、できない。曾良が旅の供としてはこのうえない実直な人であったということだ。

この句は加賀の山中温泉でおなかをこわし、芭蕉を残して一人旅立つときの句。どこで行き倒れになろうといまは萩の花ざかり。私も先生同様、天地のめぐりに命運をゆだねているというのだろう。

この内容もそうだが、上から下へまっすぐに詠みくだすこの詠みぶりに曾良という人がよく表われている。

（『おくのほそ道』所収）

かさねとは八重撫子の名なるべし　曾良

（『おくのほそ道』所収）

那須野をゆくとき、馬を借りると子どもが二人、馬のあとを駆けてきた。名をたずねると、一人が「かさね」と答える。その名に興じて詠んだ句。「かさね」なんて、まるでこの那須野に咲く八重撫子のような名前じゃありませんか、先生。この句も曾良らしく、まっすぐに思いを述べる句である。

卯の花をかざしに関の晴着哉　曾良

（同）

『おくのほそ道』には卯の花の句が二つある。白河の関と平泉。どちらも曾良の句である。白河の関はみちのくの入り口。古人は衣冠を改めてこの関を越えたというが、私は卯の花を髪にさし、それを晴れ着に関を越えよう。新緑のなか白い卯の花が印象的。平泉の句は「卯花に兼房みゆる白髪かな」。

まゆはきを俤にして紅粉の花　芭蕉

（同）

俤《おもかげ》という言葉はふつう人に使う。『源氏物語』でいえば、紫の上には藤壺女御の俤があるというように。ところが、ここでは紅の花に使っている。それが優雅さとおかしさを同時にもたらした。眉掃きは眉についたおしろいを掃く刷毛《はけ》。紅花の形がその刷毛にそっくりというのだ。山形の尾花沢での句。

**象潟や雨に西施がねぶの花**　芭蕉（同）

象潟《きさかた》は今では水田が広がっているが、かつては入り海だった。そのほとりに合歓の木があったのだろう。「雨に西施《せいし》がねぶの花」とは雨に濡れた合歓の花がまるで西施のようだというのだ。西施は呉王夫差に愛された絶世の女性。眉をひそめると、えもいわれぬなまめかしさが漂ったという。

**波の間や小貝にまじる萩の塵**　芭蕉（同）

敦賀の色の浜での句。色の浜は昔から「ますほの小貝」で知られる。薄紅の小さな貝である。波が引くたびに砂浜に小貝が散らばっている。そこには紅の萩の花屑もまじっているというのだ。実際には萩の花などなかったかもしれない。しかし「萩の塵」が混じっているとみる。それが風雅というものだ。

# 花と俳句

## あとがき

花と俳句には浅からぬ縁がある。

古来、日本には生け花という遊芸がある。現代ではさまざまな流派に分かれているが、原型は野山や庭に咲く花を切って器に生けるということ。きっと縄文弥生あるいはそれ以前、人類が誕生したときからたしなんできたものだったろう。

この太古の昔からつづいている「生け花」の基本は二つ。一つは花を切ること。もう一つは花を生かすこと。しかしながら「切って」かつ「生かす」というこの二つの基本は互いに矛盾する。

野山や庭に咲く花を切る。切ることによって花はその命を断たれる。幹や根さらには大地から切り離されるのであるから生命力の源を失うことになるわけだ。あとはわずかな枝や茎と数枚の葉や花びらだけで生きてゆかなくてはならない。まさに花にとっては死の宣

告も同然。これがどうして「生け花」、花を生かすことになるのだろうか。

そこには大いなるパラドックス（逆説）が潜んでいる。花を切る人は花を十分に生かすには花を切らなければならないと考えた。というのは自然状態の花、野山や庭に咲いている花は十分には生かされていないからである。それはたしかに桜であり撫子であり芒であるかもしれない。しかし花ではない。

では花とは何か。花とは桜や撫子や芒といった個々の草木にそなわる「はなやかなもの」のことなのだ。学校では古典の授業で「花は桜」と教えるが、花と桜は微妙に異なる。桜にかぎらずあらゆる植物のもつ「はなやかなもの」をもっともふくよかにそなえているのが桜なのであり、そこで単純に「花は桜」と教える。

さまざまの事おもひ出す桜かな　芭蕉

桜を眺めていると若き日のさまざまのことを思い出すと芭蕉はいう。牡丹でなく桔梗でもなく、なぜ桜なのか。この追憶は桜こそもっとも「はなやかな花」であるということを無視してはまったく成りたたない。この意味での花という言葉は植物以外にも使う。「花のとき」といえばある国、ある人のもっともはなやかな時代をいう。

花の色は移りにけりないたづらにわが身世にふるながめせしまに　小野小町

小町の歌の「花の色」とは桜のことであるとともにわが身の色香でもある。桜の花に重ねて自分自身の容色の衰えを嘆いている歌である。

草木のもつこの「はなやかなもの」を最大限に生かすためには桜や撫子や芒を切らなければならない。つまり切ることによって桜や撫子や芒は花に生まれ変わる。切ることは個々の草木が花になるための避けがたい儀礼のようなものなのだ。花を切ることによって生かそうとする生け花にはこうした秘蹟が隠されているのではなかろうか。

俳句は言葉を切る文芸である。そこでは「や」「かな」「けり」などの切字だけでなく、さまざまなやり方で言葉を切る。これを「切れ」と呼ぶ。では、なぜ切るかといえば切ることによって理屈を断って「間」を作り、「間」によって言葉を際立たせる、つまり生かそうとするのだ。俳句にも生け花と同じく、切ることによって生かすという矛盾に満ちた思想が働いていることになる。

ここまで書いてきて思いあたることがある。それは「ことば」という言葉が植物にかかわる言葉であること。「ことば」は「ことの葉」であり、ものごとから生まれた葉っぱである。いいかえると古代の日本人は言葉を草や木の葉っぱと同類のものと考えた。

さらに葉っぱの「葉」は「端」、先端という意味であるから「はな」の「は」にも通じているだろう。「はな」という言葉もまた先端という意味である。顔の先端が「はな（鼻）」であり、「最初」を「はな」ともいうように。

日本列島は地球の温帯にあり、春夏秋冬さまざまな草木の花が咲く。この花をあるときは切って身辺に飾り、あるときは「ことのは」の「うた」にして楽しんだ。この「うた」の流れの途中で誕生したのが俳句である。

近世以来、俳人は膨大な数の花の俳句を残してきた。桜が咲けば句にし、菫の花を見つけては句にした。それはごく当たり前のことのようにも思える。

しかし、この花と俳句の縁を思えば、花を俳句によむということは離れ離れに育てられた兄弟にも似た野山の花と人間の言葉が出会う奇蹟的な場面でもあるだろう。

# 俳人別俳句索引

本書は「週刊四季花めぐり」（小学館）に二〇〇二年九月から二〇〇三年九月まで連載された「花の歳時記」を再構成し、数項を書き加えたものです。
JASRAC 出 1200582-201

写真　**玉木雄介**（たまき・ゆうすけ）
一九三四年、岡山県生まれ。法政大学卒業。読売新聞社入社後、写真部を経て編集委員に。同社を定年退職後はフリーランスの写真家として「近代化遺産ろまん紀行」「四季」など、主に新聞連載の仕事を続けている。

ちくま新書
952

花《はな》の歳時記《さいじき》

二〇一二年三月一〇日 第一刷発行

著　者　長谷川 櫂（はせがわ・かい）

発行者　熊沢敏之

発行所　株式会社 筑摩書房
東京都台東区蔵前二-五-三　郵便番号一一一-八七五五
振替〇〇一六〇-八-四一二三

装幀者　間村俊一

印刷・製本　三松堂印刷 株式会社



乱丁・落丁本の場合は、左記宛にご送付下さい。
送料小社負担でお取り替えいたします。
ご注文・お問い合わせも左記へお願いいたします。
〒三三一-八五〇七　さいたま市北区櫛引町二-六〇四
筑摩書房サービスセンター　電話〇四八-六五一-〇〇五三



ISBN978-4-480-06655-8 C0292

## ちくま新書

661 「奥の細道」をよむ　長谷川櫂

流転してやまない人の世の苦しみ。それをどう受け容れるのか。芭蕉は旅にその答えを見出した。芭蕉が得た大いなる境涯とは——。全行程を追体験しながら読み解く。

584 日本の花〈カラー新書〉　柳宗民

日本の花はいささか地味ではあるけれど、しみじみとした美しさを漂わせている。健気で可憐な花々は、知れば知るほど面白い。育成のコツも指南する味わい深い観賞記。

182 百人一首への招待　吉海直人

百人一首は正月のかるた遊びとして有名だが、その成立事情や撰歌基準には今なお謎が多い。最新の研究成果に基づき、これまでとは一味違う見方でその魅力に迫る。

876 古事記を読みなおす　三浦佑之

日本書紀には存在しない出雲神話がなぜ古事記では語られるのか？　序文のいう編纂の経緯は真実か？　この歴史書の謎を解きあかし、神話や伝承の古層を掘りおこす。

929 心づくしの日本語——和歌でよむ古代の思想　ツベタナ・クリステワ

過ぎ去った日本語は死んではいない。日本人の世界認識の根源には「歌を詠む」という営為がある。王朝文学の言葉を探り、心を重んじる日本語の叡知を甦らせる。

390 グレートジャーニー〈カラー新書〉——地球を這う①　南米～アラスカ篇　関野吉晴

アフリカに起源し南米に至る人類拡散五〇〇万年の経路を逆ルートで、自らの脚力と腕力だけで辿った探険家の壮大な旅を、カラー写真一二〇点と文章で再現する。

568 グレートジャーニー〈カラー新書〉——地球を這う②　ユーラシア～アフリカ篇　関野吉晴

人類拡散五〇〇万年の足跡を逆ルートで辿る、足掛け一〇年に及ぶ壮大な旅の記録。ユーラシア大陸を横断し、いよいよ誕生の地アフリカへ！　カラー写真一三〇点。